661g.

FABLES
DIVERSES

DE

LEON BATTISTE ALBERTI,

EN ITALIEN ET EN FRANÇOIS

ACCOMPAGNE'ES DE SENS
Moraux, & Politiques,

D E D I E' E S

A MONSEIGNEUR
LE DUC DE BOURGOGNE,

Par LOUIS POMPE, Professeur &
Interprete des Langues Italienne
& Espagnolle.

A PARIS,

Chez {

CHARLES DE SERCY dans la Grande
Salle du Palais, à la Bonne Foy couronnée.
ET
LAURENT D'HOURY, ruë saint Jacques
devant la Fontaine S. Severin,
au Saint Esprit.

M. DC. XCIII.
AVEC PRIVILEGE DU ROI.

A
MONSEIGNEUR
LE DUC
DE
BOURGOGNE.

ONSEIGNEUR,

*La bonté, avec laquelle le
Roi a reçu mon prémier Ouvrage,*

EPITRE.

me fait espérer, que vous rece-
vrés favorablement celui-ci.
C'étoit une Traduction Fran-
çoise de ce que l'agréable Gui-
chardin a fait à ses heures de
récréation. Voici la Traduction
des Fables du Sçavant Leon
Batiste Alberti, qui les a com-
posées dans ses momens de loisir.
J'espere, MONSEIGNEUR,
qu'elles vous donneront du plaisir,
d'autant plus, qu'elles sont ac-
compagnées de Sens Moraux, &
Politiques, qu'y sont ajoûtés, &
qui leur servent d'ornemens, &
d'explications. Je me croirai trop
heureux, MONSEIGNEUR,
si ce petit présent vous plaît; &
je m'estimerai trop glorieux, si

EPITRE.

si je puis vous persuader par cette dédicace le profond respect avec lequel je suis, & serai toute ma vie.

MONSEIGNEUR,

Votre tres-humble, & tres-
obeissant Serviteur,
LOUIS POMPE.

LETTRE

De Monſieur Guyonnet de Ver-
tron Hiſtoriographe du Roi,
Académicien de l'Academie
Roïale d'Arles, & de celle de
Ricovrati de Padoüe.

*A Monſieur Pompe, Profeſſeur &
Interprete des Langues Italienne
& Eſpagnole.*

J'A i lû, Monſieur, la Traduction que
vous avés faite des Apologues de
Leon Battiſta Alberti, & je l'ai exa-
minée avec toute la rigueur académi-
que, pour ſatisfaire à ce que vous
déſiriés de moi. J'aprouve fort le deſ-
ſein que vous avés de dédier cet Ouvrage à MONSEIGNEUR LE DUC DE BOUR-
GOGNE. Rien ne convient mieux à un
jeune Prince que des Fables. C'eſt le
moïen de l'inſtruire, & de le divertir
en même tems ; en effet on apprend

dans ces jeux d'efprit à aimer la Vertu,
& à fuïr le Vice; on y remarque les
plus importantes maximes de la Politique; chacun felon fon état y recon-
noît quelque endroit, qui le regarde,
& qui le touche : les différens fentimens
de l'Ame , & les divers mouvemens
du cœur humain , fi difficile à connoître, s'y découvrent d'une maniere
fenfible & palpable, pour ainfi dire :
on trouve la vérité dans la fiction;
le Comique y eft joint au *Sérieux*; enfin
on y rencontre l'union de l'Agréable avec l'Utile & l'Honête.

Les Fables d'*Efope* ont été traduites en toutes fortes de Langues, pour
être entenduës de toutes les Nations
de la terre. Je ne m'étendrai point ici
fur leur excellence ; il fuffit de lire ce
qu'en a écrit *Fédre* , qui en a fait lui-
même de fi belles, contre ceux qui mé-
prifent ces jolies & fçavantes productions : Il les traite de ridicules , d'igno-
rans , & de gens de mauvais goût. Elles ont toûjours plû également aux
Grands & aux Petits : Elles font aujourd'hui à la mode , puifque les
Bauldrys , les *Mignots* , les *Héricourts*

les *Mourgues*, les *Profts*, les *Comires*, les *Jouvancis*, & d'autres beaux Génies, pour loüer finement les actions de Loüis LE GRAND, se sont servi des Fables, que l'illustre Monsieur l'Abbé *Saurin* de l'Académie Roïale de Nismes a presque toutes traduites en Vers François, & dont les Traductions ont fait les délices de la Cour.

Tout le monde sçait le cas que le grand Cirus faisoit d'Esope : ce Roi ne regardoit pas ce fameux Auteur comme un plaisant Boufon, mais comme un sçavant Philosophe, & comme un sage Politique. Aujourd'hui Loüis LE GRAND, qui est le Pere des Lettres, & le parfait modele des Princes, fait honneur à la mémoire, & aux écrits de cet admirable esprit. Il a voulu qu'on plaçât ses ingénieuses productions dans son superbe Palais; & parmi les beautés de Versailles vous avés sans doûte remarqué le Labirinte, où l'on voit trente neuf Sujets de ses Fables, si bien réprésentées, que l'on prend d'abord des figures pour les choses mêmes, tant l'Art imite la Nature!

Si ce docte & galant Boſſu vivoit parmi nous, lui qui redreſſoit les hommes de ſon tems, qui n'alloient pas droit dans le chemin de la Vertu, en leur enſeignant, à leur confuſion, par le langage des Animaux, le grand art, cet art ſi néceſſaire de bien vivre, je ſuis ſûr qu'il aſſiſteroit réguliérement à toutes les réprésentations des Comédies qui portent ſon nom, & qu'il cederoit ſans honte & ſans chagrin la préférence à ſes illuſtres imitateurs aux *la Fontaines*, aux *Bourſaults*, & aux *le Nobles*, qui par leur art enchanteur ont plus fait que lui; car ils ont fait parler ſes Bêtes le langage des Dieux, & lui ne les a fait parler que celui des Hommes.

En faiſant l'éloge d'*Eſope*, j'ai prétendu faire celui d'*Alberti*, ou pour mieux dire, un juſte paralelle de ces deux excellens Maîtres d'Apologues: il faut avoüer que celui-ci a dans ſes Fables les mêmes beautés, que l'autre a dans les ſiennes; je ne doute point qu'il n'ait auſſi dans la ſuite les mêmes honneurs dans le charmant Jardin de Verſailles.

Certes, Monsieur, on tireroit de grands avantages, si à votre exemple, on traduisoit ses autres ouvrages de Peinture, & d'Architecture, qui lui ont mérité les noms de l'*Archimede* & du *Vitruve* de son tems. Ce sçavant Personnage, qui vivoit l'an 1546. passe sans flaterie pour un des Illustres de son siécle, & pour un des Ornemens de Florence Ville célébre par son Académie *della Crusca.*

A l'égard des sens que j'ai donnés à ses Apologues, je vous prie de les lui envoïer aux Champs Elisées (car vous sçavés qu'un *Noble* Auteur a mis à la mode, de placer les grands hommes en ces lieux délicieux) je ne suis point assés téméraire, pour croire avoir deviné les sens véritables ; mais je m'imagine qu'*Alberti* n'a pas voulu découvrir ses sentimens ; & il me semble que je lui entens dire sur ce sujet les mêmes paroles, que celles qu'on lisoit à l'entour d'un Cachet, dont l'Empereur *Auguste* se servoit, pour cacheter ses Lettres, & sur lequel étoit gravé un Sphinx, animal adoré des Egiptiens, qui le reconnoissoient pour le

lieu des secrets ; *m'entende qui peut,*
ai donc entendu les Apologues d'*Al-*
rti, comme je l'ai pû ; j'espere qu'il
l'excusera bien de ne leur avoir pas
onné de meilleurs sens ; il auroit
alu pour cela sçavoir ses intrigues, &
n'avoir point de procès, ce qui ôte à
l'esprit sa joïe & sa liberté.

Je vous conseille de lui faire tenir
mon paquet par la voïe de Mercure,
où par quelque Courrier Extraordi-
naire. J'ai encore un autre conseil à
vous donner, Monsieur, c'est de vous
garder par trop de curiosité ou d'hon-
nêteté d'en être vous-même le Porteur.
Vous êtes nécessaire en ce monde pour
apprendre aux François la Langue
Italienne, & Espagnole. Songés sé-
rieusement que rien n'est plus desagréable, & à mon sens, moins honorable
que la qualité de Traducteur d'heu-
reuse mémoire. En attendant le jugement d'Esope & d'Alberti, je finis cette
Lettre, comme ils ont fini les leurs.
Portés vous bien.

LETTRE DU TRADUCTEUR
à Leon Battiste Alberti,

SI ce n'est pas troubler les innocens plaisirs, que vous goûtés dans les Champs Elifées, je vous supplie très-humblement de vouloir bien avec Efope, votre admirable Confrere, examiner la Traduction, que j'ai pris la liberté de faire de vos charmans Apologues, tout Etranger que je sois en France. Je vous envoie les Sens Moraux donnés à vos Fables par un célébre Académicien, qui s'estimera trop glorieux, si ses idées ont le bonheur de vous plaire; & moi, je m'estimerois trop heureux, si ma Traduction avoit un semblable sort; je la soûmets avec respect à votre judicieuse critique. Je vous regarde l'un & l'autre comme mes Maîtres, & l'entretien d'illustres Morts, comme vous, m'est souvent plus agréable, que la compagnie des Vivans. La lecture de vos Ouvrages, propres à toutes sortes de personnes, comme à tous les âges, plaît infiniment. C'est une justice que la République des Lettres vous rend; pour moi en mon particulier, j'honnorerai toute ma vie vos précieux Manes, & je préférerai toûjours les belles Productions de vos esprits à toute autre.

LES CENT

FABLES

DE

LEON ALBERTI,

EN ITALIEN

ET

EN FRANCOIS;

LA PALLA, L'INCUDE, e l'Huomo.

L A Palla si lamentava, di non poterfi mai vedere in luogo ficuro, ma effer fempre voltata, e rivoltata da un capo all' altro ne' giochi, e nelle ftrade, correre, ed imbrattarfi tutta di fango, e non poterfi mai fermare; per il contrario, all' Incude pareva molto ftrano dovere effer fempre ferma, e regger continovamente le percoffe de' martelli; ricorfero ambedue dall' Huomo (come ch' egli poteffe dar nuove forme a così fatte cofe) e lo pregarono voler dell' Incude farne una Palla, e della Palla un' Incude;

LA BOULE, L'ENCLUME,
& l'Homme.

*L*A Boule se plaignoit de ne pouvoir jamais se voir dans un état stable ; mais qu'on la faisoit toûjours rouler d'un bout à l'autre dans les jeux, & dans les rües ; qu'elle ne faisoit que courir, & se couvrir de boüe, sans s'arrêter un moment. L'Enclume au contraire trouvoit fort étrange d'être obligée de rester dans la même place, & continuellement exposée à souffrir les coups de marteau. Elles eurent toutes deux recours à l'Homme, comme à celui qui pouvoit leur donner de nouvelles formes, & le prierent de faire de l'Enclume une Boule, & de la Boule

le rispose l'Huomo, sete tra voi
dissimili nell' uso; se vi piace,
dell' Incude, io ne farò delle
marre, de i rastrelli, delle for-
che ubidienti, de i vomeri, de'
capi fuochi, degli spedoni, delle
palette, delle molle, e molti altri
stromenti; quando l'Incude sentì,
che il suo corpo doveva esser di-
viso in molti, disse, io voglio più
presto mantener la mia prima grandezza, e la mia gravità, che soffrir
tal cosa, e consiglio ancor te o
Palla, che tu voglia più tosto, col
tuo andar svolazzando, e sbalzan-
do di quà, e di là, rallegrar gli
huomini, farli meravigliar di te,
ed esser quel che tu sei.

Senso Morale.

Quel desiderio, c'habbiamo di
mutare stato, alle volte procede
d'animo incostante, e non da prudenza.

une Enclume : l'Homme leur répondit, vous servez à des usages trop
differents ; mais si vous voulez, je
ferai de l'Enclume des crochets d'an-
cre, des rateaux, des fourches, des
socs de charruë, des chenéts, des
broches, des pelles, des pincettes, &
plusieurs autres instrumens. Quand
l'Enclume vit que son corps devoit
être divisé en tant de parties, elle dit
j'aime beaucoup mieux garder ma
premiere grandeur, & ma gravité,
que de soüffrir une telle chose ; &
pour toi, ô Boule, je te conseille
de continuer de réjoüir les hommes
en roulant, & sautant de çà & de là,
& de te faire admirer en restant dans
le même état.

Sens Moral.

L'envie de changer d'état est souvent un effet de légereté, plûtôt que
de sagesse.

IL GIGLIO, ED IL FIUME

IL Giglio sbigottito, e pallido nell' auvicinarsegli il Fiume crescente, haveva posta ogni sua cura, e fisso il pensiere a mantenere la sua antica, e solita gravità nel salutare, al loro arrivo, le maggiori, e più enfiate onde; ma il suo disegno riuscì vano, perche nell' arrivo di quelle, cadde, e si sarebbe veramente salvato, s'egli non si fosse voluto star sù 'l grande.

Senso Morale.

Si cava più utile con essere affabile cortese, che non si fà essendo superbo, & fiero.

LE LIS, ET LE FLEUVE.

LE Lis pâle & étonné de l'ap-
proche d'un Fleuve qui grossi-
soit, avoit mis tous ses soins, &
toutes ses pensées à maintenir sa gravité ordinaire pour saluër les ondes
les plus grosses, & les plus épaisses,
quand elles arriveroient ; mais son
dessein lui réussit mal, parce qu'à
leur arrivée, elles le firent tomber,
au lieu qu'il auroit pû se sauver, s'il
n'avoit pas voulu être si fier.

Sens Moral.

On gagne souvent plus en cedant,
qu'en voulant résister pour garder sa
fierté.

L'ERBA ALIUNGIA,
e le Pagliucole.

L'Erba Aliungia, da' Latini detta Saliunca, trovandosi nel
mezzo del fiume, desiderava di ri-
tinere appo se tutte le Pagliucole,
che calavano giù per il fiume; ma
mediante la gran moltitudine delle
paglie, che se le fermarono a tor-
no fù soffogata, ed andò in rovina.

Senso Morale.

Il desiderio di avere molti do-
mestici per secondare la vanità,
ordinariamente termina in rovina
di chi gli desidera.

LA STELLA, E SUE
Compagne.

UNa superba Stella desiderando di far meravigliare, fuor

LE SPIC-NARD,
& les petites Pailles.

LE Spic-nard *se trouvant au mi-*
lieu d'un Fleuve, vouloit rete-
nir derriere lui toutes les petites
Pailles, qui couloient le long du Fleu-
ve ; mais il y en vint un si grand
nombre, que l'aïant enfermé de tous
côtez, elles l'étoufferent, & elles
causerent sa ruine.

Sens Moral.

Le desir d'avoir une grosse suite
pour flatter sa vanité, est ordinaire-
ment cause de la ruine de celui qui
l'a souhaité.

UNE ETOILE
& ses Compagnes.

UNe Etoile *orgüeilleuse désirant*
se faire admirer de tous ceux,

dell' ordine suo, chiunque la ri-
guardava; mentre ch'ella scorre-
va lontana dall' altre, si spense nel
mezzo del suo corso.

Senso Morale.

Quegli sforzi, che facciamo per
volere annichilire gli altri, ci fanno divenire in nulla.

IL CANE, E DIL TORO.

IL Cane, c'haveva da combattere col Toro, sperava riportar-
ne la vittoria, perche il suo nemico era senza denti dalla parte di
sopra; ferito poi dalle corna, io
non haverei, disse, pensato a
questo.

Senso Morale.

E necessario di conoscere il forte,
ed il debole del suo nemico, prima
divenir con esso lui a cimento.

qui la regardoient, sortit de son rang ;
& pendant qu'elle s'éloignoit des autres, elle manqua au milieu de sa
course.

Sens Moral.

Par les trop grands efforts que
l'on fait pour vouloir effacer les autres, on devient quelquefois à rien.

LE CHIEN, ET LE
Taureau.

LE Chien qui étoit prêt à com-
battre contre un Taureau, espe-
roit d'en remporter la victoire, parce que son ennemi n'avoit point de
dents en haut ; mais se voyant ensuite blessé par ses cornes, je ne me
serois, dit-il, jamais avisé de ceci.

Sens Moral.

Avant que d'entreprendre de com-
battre son ennemi, il en faut connoître le fort, & le foible.

IL BUE, E L'ALBERO.

UN Bue, che cozzava, nel tempo che gli segavano le corna diceva villania all' Albero, al quale si trovava legato; cio è, io ti strascinerò un giorno arrovesciato per le strade, a chi l'Albero, ridendo, rispose, in questo mentre ti son segate le corna.

Senso Morale.

Ci ridiamo delle minaccie di coloro, che non hanno nè forze, nè donde sperare aiuto.

LA BOTEGA, ED I
Mantici.

UNa Botega maravigliandosi, dimandava a' Mantici, per

LE BEUF, ET L'ARBRE.

UN Beuf, qui blessoit un chacun de ses cornes, pendant qu'on les lui sioit, disoit des injures à l'Arbre, auquel il étoit attaché ; je te trainerai, dit-il, un jour en bas par les ruës ; l'Arbre lui répondit en riant, cependant on te coupe les cornes.

Sens Moral.

On se rit des ménaces de ceux, qui sont sans force, & sans appui.

LA BOUTIQUE,
& les Soufflets.

UNe Boutique étonnée demandoit aux Soufflets d'où venoit

qual' effetto essi poteſſer mandar
fuori tanto fiato, le riſpoſero i
Mantici, perc' habbiamo onde pi-
gliarlo.

Senſo Morale.

Chi hà buon fondo, è fuor di
timore di poter mancare.

***

LA MOSCA, ED IL Tarlo.

UNa piccola Moſca ucellava
il Tarlo, che rodendo col
ſuo becco un'aſſe, faceva tanto ſtre-
pito, e diceva eſſer della ſtirpe
delle Cicogne; ed io, diſſe la Moſca, che me ne vò volando per l'a-
ria, ſon figlivola di Fetonte.

Senſo Morale.

La genealogia la più bella, è
quella, che la gente vile, e da
niente fà di ſe medeſima.

qu'ils jettoient au dehors tant de
vents, les Soufflets lui répondirent ;
c'est que nous avons un endroit pour
le prendre.

Sens Moral.

On ne craint point de s'épuiser,
quand on a des ressources.

LA MOUCHE
& le Ver.

UNe petite Mouche se mocquoit
du Ver, lequel rongeant un aïs
avec son bec, faisoit beaucoup de bruit,
& disoit, qu'il étoit de la race des
Cigognes ; & moi, dit la Mouche, qui
vole dans l'air, je suis fille de Phaë-
ton.

Sens Moral.

Il n'y a pas de plus belle genea-
logie, que celle, que se font les gens
de basse extraction.

L'ORSO, ED IL TRONCO
d'un' Albero.

UN' Orſo, c' haveva rotto i rami d'un' Albero carico di frutti, riſpoſe al Troncone, che gli haveva detto noi, che ti habbiam ſomminiſtrato da magnare, riceviamo queſta gratia hora da te per un tal beneficio? e che farai con noi in tutto il reſto dell' anno? non altro, ſe non ſpezzare tutti i tuoi rami, e ſuellerti poi del tutto.

Senſo Morale,

Altre riſpoſte non dobbiamo aſpettare da' brutali, ſe non ſimili a' loro humori, ed a' loro temperamenti,

L'OURS

L'OURS, ET LE TRONC
d'un Arbre.

UN Ours, qui avoit rompu des branches d'un Arbre chargé de fruit, répondit au Tronc, qui se plaignoit, en disant, est-ce là la récompense que nous recevons aujourd'huy, pour t'avoir fourni dequoy manger? Et comment agiras-tu donc à nôtre égard le reste de l'année? Ie ne ferai autre chose, que rompre toutes tes branches, & ensuite t'arracher tout entier.

Sens Moral.

On ne doit attendre des gens brutaux, que des réponses proportionnées à leur humeur, & à leur tempérament.

B

L'INVIDIOSO, ED IL Fuoco.

L'Invidioso, havendo da principio trovato il Fuoco, se lo messe in seno, desiderando, che fosse nascosto ad ognuno; ma il Fuoco abbruciatogli i panni, saltò fuori.

Senso Morale.

L'invidia è punita dall' Invidia medesima.

IL LOMBRICO, ED IL Centogambe.

IL Lombrico pregava il Centogambe, che gli desse due de' suoi piedi, a chi il Centogambe rispose, donami tu uno de' duoi capi, che tu hai.

L'ENVIEUX, ET LE Feu.

L'Envieux, aïant au commencement rrouvé le Feu, le mit en son sein, dans le desir de le cacher à tous les autres ; mais le Feu, aprés avoir brûlé ses habits, sortit dehors.

Sens Moral.

L'Envie se punit par l'Envie même.

LE VER, ET LA Chenille.

UN Ver de terre fort long prioit une Chenille de lui donner deux de ses pieds ; & toi, lui répondit la Chenille, donne-moi une de tes deux têtes.

Sens Moral.

Debbiamo aiutarci reciproca-
mente.

XXXXXXXXXXXXXXXXXXXXXXXX

L'AMBITIOSO, ET LO
Specchio.

L'Ambitioso havendo per male, che la sua Impronta, ch'
egli vedeva nello Specchio, non
gli facesse riverenza, e che non
lo salutasse; comminciò alla prima
ad adirarsene, poi a dispregiarla,
ed a ridersene, vedendo, che la
sua Impronta parimente rideva di
lui, spezzò lo specchio; ma doppo
gli seppe male, che di uno si era pro-
cacciato molti, che se ne ridevano.

Senso Morale.

Quando desideriamo cose ridi-
cole, siamo tenuti per ridicoli.

Sens Moral.

Dans le commerce de la vie chacun doit donner du sien.

⁂⁂⁂⁂⁂⁂⁂⁂⁂⁂⁂⁂⁂⁂⁂⁂

L'AMBITIEUX, ET LE
Miroir,

L'Ambitieux trouvant mauvais que sa figure qu'il voïoit dans un Miroir, ne lui faisoit pas la révérence, commença d'abord à se fâcher contre elle, ensuite à la mépriser, & puis à rire d'elle; mais s'appercevant qu'elle rioit aussi de lui; de dépit il cassa le Miroir, & il s'en repentit, parce qu'au lieu d'une seule Figure, il s'en étoit attiré plusieurs qui se mocquoient de lui.

Sens Moral.

Quand on souhaite des choses ridicules, on s'expose à passer pour ridicule.

IL CAPITANO D'UN VASCELLO
e l'Oceano.

UN Capitano, c'haveva pati-
to naufragio di un suo Vascel-
lo, chiamò l'Oceano in giudicio,
il quale vedendosi convinto, disse
all' accusatore, vieni, ch'io non
t'impedirò, che tu non ricuperi le
cose tue, come tu vvoi.

Senso Morale.
Il modo sicuro per terminare
un differente, è di concedere alla
parte quanto domanda.

LA CASTAGNA, ED IL
Fuoco.

LA Castagna, havendo man-
dato fuori un gran sospiro,
saltando dal Fuoco in mezzo la ca-

LE MAISTRE DU VAISSEAU
& l'Ocean.

UN Homme aïant perdu son Vaisseau dans une tempête, appella en jugement l'Ocean, qui se voïant convaincu, dit à l'accusateur, tu n'as qu'à venir, je ne t'empêcherai pas de prendre, si tu veux, tout ce qui t'appartient.

Sens Moral.

Le moïen de terminer des differens, est de ceder à sa partie tout ce qu'elle demande.

LA CHATAIGNE ET LE
Feu.

LA Châtaigne aïant jetté un grand soûpir, sauta dans le milieu de la Chambre, je ne pouvois, dit-elle,

mera, io non potevo, diſſe, ſop-
potar piu lungamente tanti grandi ardori nell' animo.

Senſo Morale.

Il troppo é ſemper nocivo.

I REMI, ED IL TIMONE.

UNa moltitudine di Remi era
in gran contraſto col Timone, e lo diſpreggiavano per eſſer
ſolo, e piccolo ; ma il Timone,
volendo far conoſcere, chi egli
foſſe; dirizzò talmente la Galera
in uno ſcoglio, che tutti i Remi,
che vi erano da un lato, ſi ruppero,
e ſi fracaſſarono.

Senſo Morale.

I ſudditi non debbono mai ſepa-
rarſi dal lor Principe.

ſouffrir

souffrir plus long-tems tant d'ardeur au dedans de moi-même.

Sens Moral.

L'excés est toûjours nuisible.

LES RAMES, ET LE Gouvernail.

UN jour les Rames d'une Galere, qui étoient en grand nombre, eurent une grande dispute avec le Gouvernail, & le méprisoient, parce qu'il étoit seul, & petit; mais le Gouvernail voulant leur faire connoître qui il étoit, fit aller la Galere contre un écuëil; de maniere que toutes les Rames, qui étoient d'un côté, se rompirent, & se briserent en mille piéces.

Sens Moral.

Les Sujets ne doivent jamais se séparer de leur Prince.

C.

IL BICCHIERE, L'ACQUA, e l'Altare.

Aveva il Sole mediante un Bicchier di Cristallo pieno di acqua chiara, dipinto sopra un' Altare un' Arcobaleno, e si vantava l'Acqua, ciò essere opra sua, e per il contrario diceva il Bicchiere, s'io non fussi corpo diafano, trasparente, e lucidissimo; non accaderebbe questo, l'Altare, sentendo una tal contesa, si rallegrava tacitamente, che l'honor di tal cosa fosse il suo.

Senso Morale.

Il Giudice cava gran profitto dalle discordie altrui.

L'URNA.

L'Urna, mentre era piena, si stava a bocca turata, e chera;

LE VERRE, L'EAU ET
l'Autel.

LE Soleil par le moien d'un Verre de Criſtal plein d'une Eau claire, avoit repreſenté un Arc-en-ciel ſur un Autel. L'Eau ſe vantoit, diſant, que c'étoit ſon ouvrage : le Verre ſoûtenoit le contraire ; ſi je n'étois pas, dit-il, un Corps diafane, tranſparent, & tres-lumineux ; on ne verroit point cet effet. L'Autel entendant cette diſpute, ſe réjoüiſſoit ſecrétement d'en avoir tout l'honneur.

Sens Moral.

Le Iuge profite des malheurs de ceux qui ont des affaires.

L'URNE.

PEndant que l'Urne étoit pleine, elle ne diſoit mot ; mais auſſi-

ma vuota poi, diceva con la bocca aperta villania a chiunque paf-
fava.

Senfo Morale.

Quando un povero hà fame è
infolente, e quando è fatollo non
dice niente,

IL ZUFOLO.

IL Zufolo turato dalle polveri,
noi altri poeti, diffe, fatolli
mai non poffiamo cantare,

Senfo Morale.

E pericolofo di dare ad un huomo quanto hà bifogno, perche
molte volte la neceffità ei induce
a viver bene.

tôt qu'elle fût vuide, elle commença à parler, pour dire des injures à tous les passans.

Sens Moral.

Un Gueux affamé est insolent, & ne dit mot quand il est soul.

LE FLAGEOLET.

LE Flageolet bouché à force de poussiere, dit, nous autres Poëtes, quand nous avons le ventre plein, nous ne pouvons chanter.

Sens Moral.

Il est quelquefois dangereux de donner à un homme tout ce qu'il luy faut, parce que le besoin est souvent un motif de bien faire.

IL LIBRO, ED I TOPI.

IL Libro, nel quale era perfettamente scritta l'Arte de' librari, chiedeva aiuto, acciò non fosse rofo da' Topi; ma i Topi se ne rifero.

Senso Morale.

Vi fono difgratie, che non poffiamo evitare, benche ci abbiamo apportate ogni noftra cura.

IL LEVRIERE, E GLI ALTRI Cani.

IL Cane da giugnere legato alla catena, vedendo gli altri Cani diffutili, andarfene, liberi, e fciolti, fcherzando; a queſto modo, diffe, e più utile, e più piacevole l'effer da nulla.

LE LIVRE, ET LES RATS.

LE Livre, où l'Art de l'Imprimerie étoit parfaitement décrit, demandoit du secours pour n'être point rongé des Rats; mais ils s'en moquerent.

Sens Moral.

Avec toute la précaution possible, il est des maux, qu'on ne peut éviter.

LE LEVRIER, ET LES autres Chiens.

LE Levrier enchaîné, voïant les autres Chiens inutiles, qui étoient libres, & qui se divertissoient, dit, si cela est ainsi, il est bien plus utile, & plus agréable de n'être bon à rien.

C iiij

Senso Morale.

La libertà deve esser preferita ad ogni altro bene, e la maggior parte degli huomini la riguardan come il miglior de' tutti.

❊❊❊❊❊❊❊❊❊❊❊❊❊❊❊❊❊

I CANDELIERI D'ORO,
e la Statua.

I Candelieri d'Oro, ed ornati di gemme pretiose, si maraviglia-vano, onde avvenisse, ch' una Statua di puzzolente legno sprezzato infino a quel giorno, fosse hora a-dorata, rispose la Statua, noi rap-presentiamo la persona di Dio.

Senso Morale.

Rispettiamo l'Imagine per la persona, che rappresenta.

Sens Moral.

La liberté est préferable à toutes
sortes de biens, elle passe même pour
le plus grand de tous dans l'esprit de
la plûpart des hommes.

LES CHANDELIERS D'OR,
& la Statuë.

LEs Chandeliers d'or, & en-
richis de Pierres précieuses, s'é-
tonnoient de ce qu'une Statuë d'un
vilain bois, & jusqu'alors méprisé,
étoit maintenant adorée : La Statuë
leur répondit, nous représentons une
Divinité.

Sens Moral.

On respecte l'Image en considera-
tion de celui, qu'elle réprésente.

L'IMPERATORE, E LA Freccia.

UN' Imperatore aveva collocata nel Tempio honoratissimamente la Freccia, con la quale aveva morto il Re suo nemico; pianse l'Arco, che di lui non si tenesse conto alcuno, essendo stato potissima causa di così grand' attione.

Senso Morale.

Spesso auviene, ch'un Capitano usurpa l'honore dovuto a' suoi soldati.

LA CAPRA, ED IL GALLO.

LA Capra, entrata in una botega d'un barbiere, persuadeva il Gallo a lasciarsi mozzar la

L'EMPEREUR, ET LA Fléche.

UN Empereur avoit placé fort honorablement dans un Temple la Fléche avec laquelle il avoit tué un Roi, qui étoit son Ennemi, l'Arc s'affligea de ce qu'on ne faisoit aucun cas de lui, quoi qu'il fût la principale cause d'une si grande action.

Sens Moral.

Souvent un Capitaine s'attribue l'honneur d'une action, qui est duë à ses Soldats.

LA CHÉVRE, ET LE COQ.

LA Chévre étant entrée dans la boutique d'un Barbier, conseilloit au Coq de se laisser couper la

barba, fatti tonder la tua, rispose il Gallo, che si può far senza pericolo.

Senso Morale.

Sovente consigliamo gli altri di privarsi del lor necessario, e noi vogliamo ritenere anche il soverchio.

L'OTTONE, E l'Orefice.

CHiedendo gratia l'Ottone d'essere stimato quanto l'Oro, soffrirai tu, disse l'Orefice, quella forza, e quella vehemenza di fuoco, come fa l'Oro? io non mi curo, rispose l'Ottone, d'essere in tanto preggio.

Senso Morale.

Invidiamo coloro, che sono stati inalzati dalla Fortuna; ma non

barbe ; fais-toi couper plûtôt la tien-
ne, lui répondit le Coq, puisque cela
se peut faire sans rien risquer du
tien.

Sens Moral.

Nous conseillons aux autres de
donner de leur nécessaire, tandis que
nous gardons de notre superflus.

LE LAITON, ET
l'Orfévre.

L E Laiton demandoit en grace
d'être autant estimé, que l'étoit
l'Or ; souffriras-tu, lui dit l'Orfévre,
la même violence, & le même degré
de chaleur, que souffre l'Or ? Je ne
me soucie donc pas, répondit le Laiton, d'être d'un si grand prix.

Sens Moral.

On porte envie à ceux que la fortune a élevés ; mais on ne voudroit

vorremmo essere elevati con tanto
sudore, e con tanta pena.

L'ORTIGA, E DIL
Papavere,

L'Ortiga disse al Papavero
queste parole, donde avviene,
ch'essendo tutto il resto del giardi-
no verdeggiante, e lieto, tu posto in
luogo honoratissimo, adorno d'una
tanto bella cintura, e d'una tanto
vaga corona, stai così pallido, e
languido, e par che tu senta dis-
piacere, e che tu habbia timore;
cotesta vita tua così ignobile, ed
esosa, appena si converrebbe a me,
che me la passo sempre fra i cal-
cinacci, o infelice me, disse il Papavero, io solo conosco i pericoli,
che nutrisco dentro, e che a te
sono ascosi; tu, che non ti lasci

pas l'acheter au prix, qu'il leur en coûte.

L'ORTIE, ET LE
Pavot,

UN jour l'Ortie dit au Pavot ces paroles ; d'où vient que pendant que tout le reste du jardin est verd, & gai, tu es pâle, & languissant, & que tu parois avoir le cœur saisi de crainte & de chagrin, toi, qu'on a placé dans un lieu si honorable, & qui es orné d'une si belle ceinture, & d'une couronne si agreable ? Cette vie si triste, & si fâcheuse à peine conviendroit à moi, qui ne la passe que parmi les platras. Ah malheureux que je suis, dit le Pavot ! Je suis le seul qui connois les dangers, que j'entretiens dans moi-même, dangers qui te sont inconnus, à toi qui

maneggiare, ed hai per coftume di mordere ognuno, vivi felicemente a te ftessa, e ti fai difendere da ogni tempesta; ma io portato a far piacere ad ognuno, e riverir tutti, hò imparato a piegarmi ora in questa, ed ora in quell' altra parte, e fon venuto a tale ftato, che ogni ben minimo venticello mi minaccia rovina.

Senfo Morale.

Nel Mondo fi fà più ftima di coloro, che fi fanno far temere, che di coloro, che fon miti, e cortefi.

L'OCA, ED I SUOI PIEDI.

Tanti gran piedi habbiamo, diffe l'Oca, per havere a foftenere un Capo così leggiere? le rifpofero allora i Piedi; oh! non

ne te laiſſes point manier, & qui as
coûtume de picquer tous ceux, qui te
touchent; tu vis pour toi, & tu me-
nes une vie heureuſe; tu ſçais même
te défendre de toutes les tempêtes :
mais moi qui aime à faire plaiſir à
un chacun, & à reſpecter tout le
monde, j'ai appris à me plier tantôt d'un côté, & tantôt de l'autre,
& je ſuis réduit à un tel état, que
le moindre vent me menace de m'ab-
battre.

Sens Moral.

On conſidere plûtôt dans le monde
ceux qui s'y font craindre, que ceux
qui ont de la douceur en partage.

L'OYE, ET SES PIEDS.

Nous avons de grand pieds,
diſoit l'Oïe, pour ſoûtenir une
tête legere; les Pieds lui répondirent
alors, eh ne ſçais-tu pas bien que

D

sai tu, che in niffun' altro luogo
si hà da desiderare più la fermezza
de' Piedi, che dove è la legge-
rezza del Capo.

Senso Morale.

Chi è debbole, e senza credito
hà bisogno di appoggio, e pro-
tettione.

***

IL FANCIULLO, I RAGGI DEL Sole, e l'Ombra.

UN Fanciullo vedendo, che
non poteva pigliare i Raggi
del Sole abbracciandoli, diedesi a
volerli rinchiudere fra le palme
delle mani; ma l'Ombra gli diffe,
non t'affaticar più pazzarello, che
le cose Divine non si lasciano in-
carcerare da' mortali.

Senso Morale.

Anche le persone ben sensate,
quando voglion penetrare i se-

l'on ne doit souhaiter d'avoir de la
force aux Pieds, que dans les endroits, où l'on remarque la legereté,
de la tête.

Sens Moral.

Quand on est foible, & sans cré-
dit, on a besoin d'appui.

L'ENFANT, LES RAYONS
du Soleil & l'Ombre.

UN jeune Enfant voiant qu'il
ne pouvoit prendre les Raïons
du Soleil en les embrassant, voulut
les renfermer dans ses deux mains ;
mais l'Ombre lui dit, ne te fatigue
pas davantage, petit badin, sçache
que les mortels ne sont pas capables
de comprendre les choses Divines.

Sens Moral.

Les plus Sages n'ont pas plus de
raison que les enfans, quand par

D ij

creti Divini, si fanno simili a' bambini.

IL VERME, E LA NOCE.

IL Verme rodeva la Noce, dou'
era nato, o ingrato, disse la
Noce così rovini tu dunque, chi
è stata la causa del tuo essere?
rispose il Verme, se tu mi generasti, perch' io havessi a morirmi
di fame, questa fù una ingiuria.

Senso Morale.

Il rispetto, che dobbiamo avere
per le nostre madri, non ci priva
di non domandar loro quel, che ci
è necessario.

leurs lumieres naturelles, ils veulent pénétrer dans les secrets cachés de la Divinité.

LE VER, ET LA NOIX.

LE Ver rongeoit la Noix, où il étoit né ; ingrat que tu es, lui dit la Noix, tu détruis celle qui t'a donné le jour ; le Ver lui répondit, si tu ne m'as mis au monde, que pour me laisser mourir de faim, tu m'as fait un grand tort.

Sens Moral.

Quelque grand que soit le respect, que les Enfans doivent à leurs Mères, il ne doit pas empêcher qu'ils ne leur demandent ce qui leur est nécessaire.

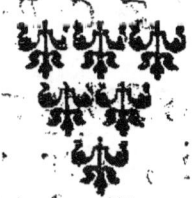

L'OLIVO, ED IL FUOCO.

L'Olivo si doleva appresso le Vergini Vestali, che il Fuoco, che egli haveva già tanti anni nutrito con sua gran calamità, non gliene havesse mai ringratiato, gli rispose il Fuoco, sarà il tuo premio, il morire più tosto dentro il Tempio, che per le boteghe.

Senso Morale.

Perche disgustarsi di una poca perdita quando ci cagiona molta gloria.

IL ZOPPO.

UN certo Zoppo sopportò volontieri, per potere andar dritto, che gli fosse tagliato un

L'OLIVIER, ET LE FEU.

L'olivier se plaignoit aux Vierges Vestales, de ce que le Feu, qu'il avoit entretenu tant d'années à ses dépens, ne l'en avoit jamais remercié ; le Feu lui répondit, tu auras pour récompense l'avantage d'être plûtôt brûlé dans le Temple, que dans les boutiques.

Sens Moral.

Pourquoi régreter la perte d'un médiocre interêt, quand d'ailleurs on aquiert beaucoup de gloire.

LE BOITEUX.

UN certain Boiteux, dans l'envie de marcher droit, souffrit volontiers qu'on lui coupât le pied

piede, ch' aveva più lungo dell' altro, tagliato che gli fu, hebbe bifogno di andar boccone, e piangeva poi di effer del tutto ridotto impotente a caminare.

Senfo Morale.

Il defiderio, c' habbiamo di volere effer meglio, ci fà per l'ordinario venire ad uno ftato peggiore.

L'OMBRA DELL' HUOMO.

L'Ombra dell' Huomo, per diventar maggiore, defideraya il tramontar del Sole; ma poi, ch' Effa s'accorfe, che mancherebbe infieme col Sole, defiderava in darno, che il Sole foffe nel mezzo dì.

Senfo Morale.

Spesso defideriamo cofe per il noftro avanzamento, le quali poi ottenute ci fanno rovinare.

qu'il

qu'il avoit plus long que l'autre :
aussi-tôt qu'on le lui eût coupé, il
fut obligé de se traîner par terre, &
se plaignoit d'être malheureusement
réduit à ne pouvoir plus marcher.

Sens Moral.

L'envie qu'on a de vouloir être
mieux, fait pour l'ordinaire, qu'on
tombe dans un état plus misérable.

L'OMBRE DE L'HOMME.

L'ombre de l'Homme souhaitoit
le coucher du Soleil pour devenir plus grande : mais ensuite s'étant
apperçuë qu'elle manqueroit en même
tems que le Soleil, elle desira, mais
en-vain, que le Soleil revint à son
Midi.

Sens Moral.

Souvent nous souhaitons pour notre agrandissement, ce qui doit causer
notre rüine.

E

LA PITTURA, ED IL
Compratore.

UNa Pittura di mano di Zeusi diſſe al compratore, io ſono ſtata fatta da un' ottimo Maeſtro, riſpoſe il Compratore, veramente, io non ti comprerei, ſe tu foſſi di mano d'un cattivo Maeſtro.

Senſo Morale,

Biſogna eſſere abile per ſapere il prezzo delle coſe.

IL CONTADINO, E LO
Sparago.

STupivaſi il Contadino, vedendo lo Sparago ſpinoſo, ed aſpro, da non poterlo maneggiare, tanto più, che l'aveva viſto nella

LE TABLEAU ET LE
Marchand.

UN *Tableau de la main de Zeu-*
xis dit à un Homme, qui vou-
loit l'acheter ; j'ai été fait par un
excellent Maître, vraïement, répondit
celui qui le marchandoit, je ne t'a-
cheterois pas, si tu étois l'ouvrage
d'un Peintre ignorant.

Sens Moral.

Il faut être habile pour connoître
le prix des choses.

LE PAYSAN, ET
l'Asperge.

UN *Païsan voiant un Asperge*
si épineux & si rude, qu'il ne
pouvoit le manier, s'en étonnoit,

fua adolefcenza trattabile, e tenero; non te ne maravigliare, gli
diffe, lo Sparago, ch' io fon di-
ventato fimile a' miei Maggiori.

Senfo Morale.

La gioventù porta feco molte
prerogative, e la vecchiaia molte
incommodità.

LA FILIGGINE, LA CENERE,
ed il Fumo.

L A Filiggine, e la Cenere dif-
fero al Fumo, che fe n'andava, ò fratello, e dove ne lafci tu
così mifere? rifpofe il Fumo, c' hò
da fare io con effo voi? voi tarde,
infingarde, e non accordandovi
infieme, vi annighittite; io me ne
vò al Cielo, luogo felice.

d'autant plus qu'il l'avoit vû tendre, & maniable dans sa jeunesse ;
n'en sois point surpris, lui répondit
l'Asperge, parce que je ressemble à
mes Ancêtres.

Sens Moral.

La Jeunesse a ses agrémens, & la
Vieillesse ses incommodités.

LA SUYE, LA CENDRE
& la Fumée.

LA Suie, & la Cendre dirent à la
Fumée qui s'en alloit, pourquoi nous abandonne-tu si miséra-
blement, & nous laisse-tu notre sœur ?
la Fumée lui répondit ; Qu'ai-je de
commun avec vous autres ? Vous
êtes des indolentes, & des paresseu-
ses, qui ne vous accordées jamais
ensemble ; vous ne faites que lan-
guir, pendant que je monte au Ciel,
qui est un lieu de bonheur.

Senſo Morale.

Non è l'Otio, che inalza gli huomini.

❦❦❦❦❦❦❦❦❦❦❦❦❦❦❦❦❦

IL VASO DI TERRA, ED I VASI di Oro, e di Argento.

UN Vaſo di Terra, vedendo i Vaſi di Oro, e di Argento sù le credenze, ed eſſo poſto giù come per diſpreggio, lor diſſe, io già pur vi conoſco, e penche nò, riſpoſero i Vaſi di Oro, e di Argento, e tu ne riconoſcerai ancor meglio, ſe tu ci arrechi del vino di Rodi, e di Falerno.

Senſo Morale.

La gente, benche vile, contribuiſce alla gloria de' Gran Signori.

Sens Moral.

On ne s'éléve jamais, tant qu'on est dans l'inaction.

LE POT DE TERRE, ET LES Vases d'Or & d'Argent.

UN Pot de Terre voiant des Vases d'Or & d'Argent rangés sur un bufet, pendant qu'on le laissoit à bas par mépris, leur dit : je vous connois bien ; pourquoi non, répondirent les Vases, ne nous connoîtrois-tu pas ? tu nous connoîtrois encore mieux, si tu nous appertois du vin de Rhôdes, & de Falerne.

Sens Moral.

Les petits par leurs services contribuent à la gloire, & au bonheur des Grands.

L'INVENTOR DEGLI
Orivoli.

Cipresto Inventor degli Oriuo-li, limando, in una sua rota, un certo piccolo Dente, gli diman-dò, perche cagione fosse stato tanto temerario ad impedire il cor-so del suo lavoro; gli rispose il piccol Dente, perche il da poco, e pigro Contrapeso del Piombo non si attribuisca la gloria di tante fa-cende.

Senso Morale.
Chi camina per il camino, che conduce alla gloria, sdegna avere emuli.

IL CAPITANO DI UNA
Nave.

Essendo il Capitano di una Na-ve tornato a salvamento, e

L'INVENTEUR DE
l'Horloge, & la petite Dent.

CIpreste Inventeur de l'Horloge demandoit à la petite Dent d'une rouë qu'il limoit, pourquoi elle avoit été si hardie que d'arrêter le cours de son travail; la petite Dent lui répondit, c'est afin que ce paresseux de Contre-poids, qui fait tant l'entendu, & qui n'est rien, ne s'attribuë pas tout l'honneur d'un ouvrage si considérable.

Sens Moral.

On ne sçauroit souffrir de Rivaux dans le chemin de la gloire.

LE CAPITAINE D'UN
Vaisseau.

UN Capitaine de Vaisseau étant arrivé heureusement au Port

congranguadagno in porto, deliberò di dedicare a Nettuno qualche dono honorato; e però l'Albero della Nave, le Ancore, e tutte le Corde lo pregarono, acciò lor concedesse tanto honore; ma il Capitano lor rispose, farà molto meglio dedicargli il Timone, che costa meno.

Senso Morale.

Dio non riguarda il bene, che gli diamo, ma più tosto il frutto, che ne potevamo cavare.

* * *

IL LENZUOLO, E LA Mano.

Domandato il Lenzuolo da una Mano, perche talora toccato legiermente, mandasse fuori tanta gran quantità di lacrime, ed hora, che ti torco fortemente, e che crudelmente ti batto, tu non

avec un grand gain, résolut par reconnoissance de faire un present considérable à Neptune ; les Mats, les
Ancres, & tous les Cordages le sup-
plierent de vouloir leur accorder cet
honneur : mais le Capitaine leur répondit, il sera plus à propos de lui
offrir le Gouvernail, qui coûte beaucoup moins.

Sens Moral.

Dans les offrandes que nous faisons
à Dieu, il regarde moins le prix de
ce que nous lui offrons, que l'utilité
que nous en retirons.

LE DRAP ET LA
Main.

L A Main demanda au Drap,
pourquoi quand je ne te touchois
que légerement, faisois-tu sortir tant
d'eau ? & à present, que je te presse
fortement, & que je te bats de toute

mandi fuori nè pur una lacrimuc-
cia, rispose il Lenzuolo, allora io
soprabondavo di humore.

Senso Morale.

I primi infortunii ci fanno pian-
ger molto, ma quando poi siamo
avezzi a disgratie, non spargiamo
molte lacrime.

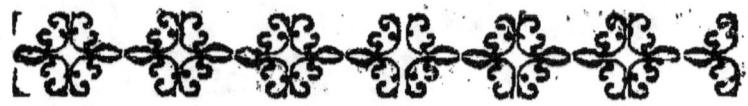

L'ULIVO, E DIL
Nocciuolo.

L'Ulivo dimandò al Nocciuolo,
quando fosse per mandar fuo-
ri le sue frutta; essendo fiorito nel
mezzo del verno, rispose il Nocciuolo, le manderò fuori, quando
sarà tempo.

Senso Morale.

Benche gl'ingegni humani siano più tardi gli uni, che gli altri,
tutti non però vengono a maturità,
ognuno a suo tempo.

ma force, tu ne jetes pas une seule
goûte d'eau : le Drap lui répondit,
c'est qu'alors j'étois rempli d'humi-
dité.

Sens Moral.

Les prémieres difgraces nous arra-
chent des larmes : mais elles tariffent
bien-tôt dans les grandes.

L'OLIVIER ET LE
Noifetier,

L'Olivier demanda au Noifetier,
quand paroîtroit fon fruit, puif-
qu'il fleurifloit au milieu de l'Hyver?
le Noifetier répondit, mon fruit pa-
roîtra en fon tems.

Sens Moral.

Quoi-qu'il y ait des fujets plus
tardifs les uns, que les autres, chacun meurit en fa faifon.

L'ASINO, E L'ASINAIO.

ALL' Asino disse l'Asinaio, ò
Asino perche tu non dai de'
calci agli altri, come agli huomini, gli fu risposto dall' Asino, perche gli altri non mi bastonano.

Senso Morale.

Spesso ci lamentiamo a torto del
male, che ne vien fatto, benche
ce l'attiriamo da quel, che facciamo altrui.

LA TROMBA, E LA DEA
ECO.

LA Tromba volle sapere una
volta dalla Dea Eco, giacche tu sei stata, e sei sempre im-
portuna, perche non rispondi an-

L'ANE, ET L'ANIER.

UN Anier dit un jour à son Ane; mon Ane, pourquoi ne donne-tu pas de coups de pieds aux autres comme tu en donnes aux hommes ? l'Ane lui répondit, c'est que les autres ne me frappent point.

Sens Moral.

Souvent nous nous plaignons à tort du mal que l'on nous fait, & nous nous l'attirons par celui que nous faisons aux autres.

LA TROMPETTE ET LA
Nimphe Echo.

UN jour la Trompette deman-doit à la Nimphe Echo; d'où vient que toi, qui as toûjours été si

che ai Tuoni? La Dea, forriden-
do, le fece rifpofta, quando Gio-
ve é adirato, bifogna tacere.

Senfo Morale.

I minori fi devono tacere quando i Gran Signori fono in colera.

IL FUNGO, ED IL
Ginepro.

IL Fungo diffe al Ginepro, io
hò fentito dire, che tu hai veduto molte volte il Sole, e nulladimeno tu hai ancora le tue coccole acerbe, quando dunque ver-
ranno a maturità? ò dolciffimo,
gli diffe, il Ginepro, io fon di
natura tardo, e però ti rifponderò
fra quattro giornj.

importune,

importune, & qui l'es actuellement, tu ne répons pas cependant au bruit du Tonnere ; la Nimphe lui fit cette réponse en souriant : quand Jupiter est irrité, il faut se taire.

Sens Moral.

Le silence siéd bien aux petits, quand les Grands sont en colere.

LE CHAMPIGNON, ET LE Génévrier.

LE Champignon dit au Génévrier ; j'ai oüi dire, que tu as joüi plusieurs fois de la présence du Soleil, & néanmoins ta graine est encore amere, quand donc viendra-t-elle en maturité ? Mon cher, lui dit le Génévrier, je suis d'un naturel tardif ; c'est ce qui fait que je ne te puis répondre sur ce que tu désires, que dans quatre jours.

E

Senso Morale.

Col tempo l'educatione miglio-
ra i costumi.

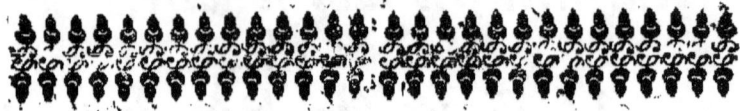

UNA GIOVANETTA, ED UN Sorbo.

UNa Giovanetta, mordendo un Sorbo, fù curiosa di sapere la causa, ch' essendo allora
tanto bello, e vago al vedere, fosse
poi tanto aspro al gusto; e quando
poi era brutto, e non dilettevole
agli occhi, fosse tanto dolce al
gusto; la risposta del Sorbo fù,
che pensi tu, che la bellezza stia
facilmente unita con la maturità.

Senso Morale.

E raro ritrovare insieme la bellezza, e la bontà.

Sens Moral.

Avec le tems l'éducation rectifie les mœurs.

UNE JEUNE FILLE, ET UNE
Corme.

Une jeune Fille, qui avoit mordu dans une Corme, fut curieuse de sçavoir, pourquoi étant alors si belle, & si agréable à la veuë, elle étoit cependant si acre au goût ; & qu'au contraire, lors qu'elle étoit laide, & desagréable à la veuë, elle étoit si douce au goût : la Corme lui répondit, pense-tu, qu'il soit aisé de trouver la beauté avec la bonté dans dans une même chose.

Sens Moral.

La beauté, & la bonté sont rarement d'intelligence.

IL CACCIATORE, ED IL Nibbio.

UN Cacciatore, diffe, ò perfido Nibbio poco fà, cantando, *hui*, *hui*, moftravi, per tutta l'aria, tanta mifericordia; perc' hai tu hora tanto velocemente fbranate, e gittate via le vifcere della morta preda? io certamente, rifpofe il Nibbio, facevo quello, acciò gli Ucelli fi fidaffero di me, e de' miei artigli.

Senfo Morale.

Coloro, che fono crudeli in effetto, paiono pietofi nell'apparenza.

LE CHASSEUR ET LE
Milan.

UN Chasseur disoit au Milan, ô perfide ! il n'y a qu'un moment, que tu chantois, hoüi, hoüi, & que tu paroissois dans l'air touché de compassion ; pourquoi maintenant déchirer le Gibier avec tant d'avidité, & jetter les entrailles de la proïe, que tu as fait mourir ? à dire vrai, répondit le Milan, j'afectois cet air tendre, afin que les Oiseaux ne se méfiassent pas de moi, ni de mes grifes.

Sens Moral.

Les plus cruels en effet, sont les plus doux en apparence.

DUE CESPUGLI, E LE ONDE del Fiume.

Due Cespugli dimandarono alle Onde del Fiume dove n'andassero con tanta rapidità, le Onde gli risposero, noi andiamo in un certo luogo, nel quale diverremo grandissime, e prudenti; i Cespugli invaghitisi del desiderio di acquistar gloria, si messero ad andarsene con le Onde; ma saputo da quelle, che bisognava spogliarsi d'ogni impendimento, che gli potesse essere un'ostacolo ad arrivare al fine desiderato; uno de' Cespugli si fermò nel luogo dove si trovava; e l'altro scacciato da se tutto quel, che gli poteva nocere, se n'andò in compagnia delle Onde, e sopportate molte incommodità, fu lasciato al fine sù un

LES DEUX BUISIONS, ET
les Eaux d'un Fleuve.

DEux Buiſſons demanderent aux Eaux d'un Fleuve, où elles al-loient avec tant de rapidité ? elles leur firent cette réponſe : nous allons en un certain lieu, où nous devien-drons plus grandes. Les Buiſſons en-flés du deſir d'aquerir de la gloire, prirent le parti de ſuivre les Eaux : mais aïant appris d'elles, qu'il falloit ſe défaire de tout ce qui pouvoit être un obſtacle à l'accompliſſement de leurs ſouhaits, un des Buiſſons reſta où il ſe trouva ; & l'autre s'étant dé-barraſſé de ce qui lui paroiſſoit con-traire à ſes deſſeins, accompagna les Eaux, aprés avoir ſouffert pluſieurs incommodités pendant le chemin, enfin on le laiſſa ſur un terrain gras, où l'on vit enſuite une grande

graſſo terreno, e crebbe poi in grande, e celebrata Selva.

Senſo Moral e.

La perſeveranza ci fà venire a
capo di gran diſegni.

IL PAGONE, E SUOI
Figliuoli.

IL Pagone laſciò per teſtamento
la ſua coda alla creſta della ce-
lata d'un Soldato, i Figliuoli ne
ſentirono gran diſguſti, e ſe ne
dolſero col Padre, dicendogli,
perche non laſciaſſe a loro quelle
ſue tante gioie; la riſpoſta, che
fece il Pagone, fù queſta; veramente ſe voi ſete miei Figliuoli,
non vi mancheranno coſe ſimili.

Senſo Morale.

Non biſogna mai lamentarſi pri-
m del tempo.

Foreſt,

Foreſt; dont chacun parloit.

Sens Moral.

On ne vient à bout des grands
deſſeins, que par la perſévérance.

LE PAON ET SES
Petits.

LE Paon laiſſa par teſtament ſa
queuë à la crête du caſque d'un
Soldat ; ſes Petits en eurent une
grande douleur, & s'en plaignirent
à leur Pere , lui demandant pourquoi il ne leur avoit pas laiſſé tous
ſes joiaux ? Le Pere leur répondit ;
ſi vous étes mes enfans , vous ne
manquerés pas d'avoir de ſemblables
ornemens.

Sens Moral.

On a tort de ſe plaindre avant le
tems

G

IL MERCADANTE, ED I
Rosai.

UN Mercadante tornando a casa nel tempo di verno, e ricogliendo da' Rosai coccole diffutili, e simili alla stoppa; da' quali credeva fare un' ottima ricolta di frutti dalla speranza, che gli havevan data l'infinite Rose, che vi vidde nella primavera; ma vedendo, che s'era ingannato, se ne doleva, e nel medesimo tempo si maravigliava, come fosse possibile, che dalla tanta soavità de' fiori, nascessero frutti così aspri; per mettersi la mente in riposo, dimandò loro, perche ciò fosse accaduto, gli rispofero i Rosai, noi abbiam consumate tutte le nostre ricchezze nella gloria de' fiori,

LE MARCHAND, ET LES
Rosiers.

UM Marchand retournant chés lui pendant l'Hiver, & ramassant les grains des Rosiers, qui ne servent à rien (lesquels ressemblent à de l'étoupe) croïoit faire une bonne récolte, dans l'espérance que lui avoit donnée le grand nombre de Roses qu'il avoit vûës au Printems ; mais se voïant trompé, il en témoignoit du chagrin, & il s'étonnoit en même tems, comment il se pouvoit faire, que des fleurs, dont l'odeur étoit si douce, produisissent des fruits si amers ?. Pour mettre son esprit en repos, il demanda la raison aux Rosiers, qui lui répondirent, nous avons emploïé toutes nos richesses à embellir nos fleurs.

Senso Morale.

La maggior parte delle persone cercano piu tosto nel mondo
l'apparenze, che il solido.

⧫⧫⧫⧫⧫⧫⧫⧫⧫⧫⧫⧫⧫⧫⧫⧫

IL DIAMANTE, ED IL Rubino.

IL Diamante, ed il Rubino,
pietre sù tutte le altre pretio-
sissime, ricusarono di volere stare
a canto alla Perla, ch'era nella Corona di Adriano, perche la grandezza di essa scemerebbe la gratia,
e la bellezza della dignità loro; fù
però loro concessa licenza d'essere
in un luogo della Corona, che gli
piacesse il più; doppo aver cercato,
e ricercato varii luoghi in essa,
si fermarono alla fine ne' minori,
e ne' più vili.

Sens Moral.

La pluspart des gens cherchent plus
le brillant, que le solide.

LE DIAMANT, ET LE
Rubis.

LE *Diamant, & le Rubis, qui*
sont les Pierres les plus pré-
cieuses, refuserent de se placer à
côté de la Perle, qui étoit sur la
Couronne d'Adrien, parce que le
grand éclat de celle-ci diminuëroit
leur grace, & leur beauté ; cepen-
dant on leur accorda la permission
de choisir des endroits de la Cou-
ronne celui, qui leur plairoit da-
vantage. Aprés avoir cherché, &
examiné les uns, & les autres, ils
choisirent le plus petit, & celui qui
paroissoit le moins.

Senſo Morale.

L'humiltà ſerve a farci più toſto montare, che a calare.

IL CANE, E L'ACQUA.

UN Cane ingordo aveva divorato le ſchiacciate caldiſſime, che lo fecero divenire tutto infurjato, e di rabbia ſi diede a morder l'Acqua; ſe tu vuoi combatter meco, gli diceva l'Acqua, tu ti ſtraccherai, e perderai la battaglia.

Senſo Morale.

Se la Colera ne fà perdere la raggione, che meraviglia ſe ci dimentichiamo di chi ci fà del bene.

Sens Moral.

L'humilité sert souvent plus à nous élever, qu'à nous abaisser.

LE CHIEN, ET
l'Eau.

UN chien gourmand avoit dévoré des galetes extrêmement chaudes, qui le rendirent si furieux, que de rage il en mordoit l'Eau ; si tu veux te battre avec moi, lui dit l'Eau, tu te lasseras sans doute, & tu seras encore vaincu.

Sens Moral.

Si la colere fait, que nous nous oublions ; il ne faut pas s'étonner si nous oublions, ceux qui nous ont fait du bien.

G iiij

IL SOLE, ED IL
Ghiaccio.

NEgava il Sole l'abbitare nella medesima casa insieme col Ghiaccio; benche fossero nati d'una stessa Madre, dicendo, ch' esso non sopporterebbe mai, che l'incostanza, e la facil natura del Ghiaccio gli procurasse, o arrecasse r vina alcuna.

Senso Morale.
Raramente gli humori contrarii si accordano insieme.

LA VOLPE, ED IL
Laccio.

HAvendo indarno la Volpe supplicato con humili, ed iterate preghiere il Laccio, che

LE SOLEIL, ET LA
Glace.

LE Soleil refuſoit de loger avec la Glace, quoi-qu'ils fuſſent nés de la même Mére, diſant qu'il ne ſouffriroit jamais que l'inconſtance, & la facilité qu'elle avoit de ſe fondre, lui fiſſent aucun tort.

Sens Moral.

On voit rarement, que des humeurs différentes s'accordent enſemble.

LE RENARD ET LE
Lien.

LE Renard aïant en vain prié tres-inſtamment le Lien qui le tenoit étroitement ſerré, de le laiſſer

strettissimamente la teneva legata,
acciò la sciogliesse, e la lasciasse andar via; all'ultimo il Laccio, rib-
buttando i suoi prieghi, le rispose,
che non gli era lecito il farlo,
s'egli volesse esser sempre, quel
ch'esso era; la Volpe piena di sde-
gno disfece il Laccio co' denti; ò
infelice me, disse il Laccio allora,
che indotto dalla flessibiltà dell'
animo mio, mi son lasciato talmente far di me quanto han voluto;
era molto meglio esser duro, ed
inesorabile; poiche il guiderdono
della mia piacevolezza, è la morte.

Senso Morale.

Il far conoscere a' nostri nemici il nostra debole, ci arreca
danno.

aller ; enfin le Lien, le rebuttant toûjours lui dit, je ne le puis faire, si je veux demeurer ce que je suis ; le Renard indigné du refus, rompit le Lien avec ses dents ; ah ! que je suis malheureux, dit le Lien, d'avoir fait voir ma foiblesse : helas ! on a fait de moi tout ce qu'on a voulu ; il valoit bien mieux être dur & inexorable, puis qu'on m'a donné la mort pour prix de ma complaisance.

Sens Moral.

Il est dangereux de faire connoître notre impuissance à nos ennemis.

LA CORNACCHIA, IL PORCO, e la Quercia.

LA Cornacchia attaccatasi con le unghie sù la schiena d'un certo Porco, diceva, riguardando tutti gli alberi dall' intorno, dove porterò io questa mia grassa, e grossa preda? quà, disse la Quercia, se ti piace; che io te la serberò fedelmente; bene, rispose esso; ma stò pensando in che modo io possa alzare con le mie forze questo gran peso; di cotesto, disse il Porco, te ne consiglierai altrove, e scossasi da se la Cornacchia, si pose a ridere.

Senso Morale.

Ci facciamo il soggetto del riso, e del disprezzo di ognuno, quando vogliamo far cose maggiori delle nostre forze.

LA CORNEILLE, LE PORC,
& le Chêne.

LA Corneille aïant fiché ses ongles sur l'échine d'un Porc, disoit, en regardant tous les Arbres d'alentour ; où porterai-je cette proïe si grosse, & si grasse ? ici, dit le Chêne, si tu le veux ; je te la garderai fort fidellement ; fort bien, répondit-elle, mais je songe à la maniere, dont je pourrai élever ce fardeau si pesant ; l'affaire est d'assés grande consequence, repartit le Porc, pour prendre l'avis de quelqu'un, & aïant secoüé le joug de la Corneille, il se mit à rire.

Sens Moral.

Quand nous entreprenons des choses au dessus de nos forces, nous devenons le sujet de la raillerie, & du mépris de tout le monde.

IL PAZZO, E L'AMBRA gialla.

UN Pazzo curioso chiese all' Ambra gialla, donde il Verme avesse havuto adito in essa; e tu gli rispose l'Ambra, onde hai cavata la pazzia, che possedi.

Senso Morale.

Vogliamo sapere l'essere altrui, e non ci curiamo conoscer noi medesimi.

IL SACERDOTE, ED IL Fiume.

UN Fanciullino portava un Mercurietto di argento, ed otto siriani, con gran sudore, portavano il Dio Priapo di legno per

LE FOU ET L'AMBRE
jaune.

UN Fou demandoit à l'Ambre jaune, par quel endroit le Ver avoit pû entrer dans son corps ? Et toi, lui répondit l'Ambre où as tu pris ta folie ?

Sens Moral.

On veut connoître les autres, & l'on ne veux pas se connoître soi-même.

LE PRESTRE ET LE
Fleuve.

UN Enfant portoit un Mercure d'argent, & huit Siriens portoient avec beaucoup de peine un Priape de bois. En passant sur un

un certo Ponte, il qual si rovinò nel passar, che vi fecero; onde il Mercurietto andò al fondo del Fiume, ed il Priapo restò a galla sù l'acqua; hor non è questa, disse un Sacerdote, una cosa incredibile anco vedendola, che quello, ch'in Terra era un Dio tanto grave, sia hora nell'acqua tanto leggiero? gli fece risposta il Fiume, e tu ò huomo, credi forse essere il medesimo, e nella buona, e nell'arrida fortuna, per chiamarla così.

Senso Morale.

Per conoscere la virtù d'un huomo, bisogna vederlo nello stato suo felice, e nell'infelice.

✦✦✦✦✦✦✦✦✦✦✦✦✦

LE ROTE, ED I CAVALLI.

LE Rote del Carro di Nettuno avevano cominciato ad amare

certain

certain Pont qui se rompit sous eux, le petit Mercure alla au fonds du Fleuve, & l'on vit Priape sur l'eau. N'est-ce pas une chose incroïable, dit un Prêtre qui s'en apperçût, que ce Dieu qui étoit si pesant sur la Terre, soit présentement si leger dans l'eau? Et toi homme, lui répondit le Fleuve, pense-tu être le même dans la bonne, & dans la mauvaise fortune?

Sens Moral.

Pour sçavoir ce que vaut un homme, il faut l'avoir vû dans la prospérité, & dans l'dversité.

LES ROUES, ET LES
Chevaux.

LES Roües du Char de Neptune avoient commencé à aimer éper-

H

suifceratamente que' bei Cavalli
cerulei del loro Dio, e però fe-
guitandoli, fpeffo gridavano, dove
fuggite? noi rifpofero i Cavalli,
non fuggiamo; ma vi ci tiriamo a
dietro.	*Senfo Morale.*

Crediamo feguire, chi ne tira
appo fe.

LA FANCIULLA, IL ZOLFO, ed il Fuoco.

UNa Fanciulla domandò al
Zolfo, onde nafceva la tant'a-
micitia, ch'effo aveva col Fuoco,
il quale fi rallegrava delle fue calamità; guardati di rifpondere,
diffe il Fuoco al Zolfo, fe prima
quefta bella zitella non ti dica la
raggione, perche colui, che l'a-
ma con amore fuifcerato, fia tanto
inumanamente, e tanto crudelmente trattato da lei.

düëment les beaux Chevaux bleux
de leurs Dieux, & en les suivant,
elles crioient sans cesse, où fuïés-
vous ? nous ne fuïons pas, répondi-
ront les Chevaux ; mais nous vous
tirons aprés nous.

Sens Moral.

Nous croïons suivre ce qui nous
entraîne.

LA FILLE, LE SOUFRE, & le Feu.

UNe jeune Fille demandoit au
soufre, d'où venoit cette grande amitié qu'il avoit pour le Feu,
qui se réjouissoit de son malheur,
garde-toi de répondre à cette belle
Fille, dit le Feu, avant qu'elle
t'ait dit pourquoi elle traite avec tant
de cruauté celui qui l'aime si passion-
nément.

Senso Morale.

La confidenza reciproca assicura il secreto.

LA NAVE, E LE
Stoppe.

ESsendosi aperta una Nave, le Stoppe, prima spreggiate, ed ora ricercate con grandissima istanza, si stavano nascoste, dicendo tra loro, esser cosa indegna, ch'esse, avendo portato alla Nave tanta utilità, ed aiuto, fossero tenute care, e stimate nel tempo della necessità; ma poi esser sempre tenute a vile, ributtate, ed abiette; ma le più savie tra loro, dissero, se noi non soccorriamo la Nave, tutte noi altre capiteremo male insieme con essa.

Sens Moral.

La confiance réciproque établit la sureté du secret.

LE NAVIRE ET LES
Etoupes.

UN Navire s'étant ouvert, les Etoupes, qu'on méprisoit auparavant, & qu'on cherchoit alors avec tant de soin, se tenoient cachées, disant entre elles, que c'étoit une chose indigne, qu'en secourant le Navire, on les cheriroit, & que l'on les estimeroit tant qu'elles lui seroient nécessaires : mais qu'ensuite on les rebutteroit comme une chose vile, & abjecte ; cependant les plus sages d'entre elles, dirent, si nous ne secourons le Navire, nous périrons toutes avec lui.

Senso Morale.

E gran prudenza aiutare un nemico, benche ci disprezzi, quando la sua rovina ci apporterebbe danno.

LA BERTUCCIA, ED IL Carbone.

LA Bertuccia, maneggiando un Carbone, ò te infelice, gli disse, per quanto intendo della qualità tua, tu, che altre volte, eri lucidissimo, e che di te temevano le ricolte, ò le selve, hora sei tutto nero, ed aghiacciato; anzi, rispose il Carbone, adesso io son felice, perche quella peste del Fuoco non mi consuma più, essendone scampato.

Senso Morale.

Quando una persona è difin-

Sens Moral.

Quelque mépris que nos ennemis
aient pour nous, c'est une prudence
de les secourir, quand leur perte en-
traîneroit la nôtre.

LE SINGE ET LE
Charbon.

UN Singe prenant un Charbon,
ah ! malheureux, lui dit-il,
autant que j'en puis juger par ta qualité; toi, qui étois autrefois si lumi-
neux, & qui te faisois craindre aux
moissons, & aux bois, tu es aujour-
d'hui tout noir, & tout gelé; le Charbon lui répondit, tu te trompe, je
suis à présent heureux, n'étant plus
consumé par ce Feu maudit, dont je
me suis échapé.

Sens Moral.

Lors qu'un homme est revenu du

gannata dall' Ambitione, e ch'è
calata dal grado nel quale la Fortuna l'aveva inalzata, si trova più
felice di prima.

IL FILOSOFO, IL PANE,
ed il Vovo.

UN Filosofo, vedendo il Pane
in mezzo del forno andar
pigliando vigore, e fermezza, ed
alla bocca del forno un Vovo,
che sudava, e che lacerava le sue
vesti; disse, ò quanto importa il
vivere, ed il non vivere in otio;
che questo, sin dalla sua tenera
età, è sempre vissuto in delicatezze, impatiente, con animo fragile, e volubile, e quell'altro tra-
vagliato sempre fin da' suoi teneri
anni, sbattuto da' colpi della Fortuna, non si fermò mai nell' otio,
e finalmente in mezzo a tanto gran

son

son ambition, & qu'il est descendu
du rang, où la Fortune l'avoit élevé, il se trouve plus heureux, qu'auparavant.

LE PHILOSOPHE, LE PAIN,
& l'Oeuf.

UN Philosophe voïant du Pain
au milieu d'un Four, qui devenoit plus dur, & plus ferme ; &
un Oeuf, qui n'étant qu'à l'entrée
du Four, süoit cependant, & bri-
soit sa coque, dit, ah ! qu'il est important de vivre, & de ne pas vivre dans l'oisiveté ; car celui-ci, qui a
vécu dans la délicatesse, depuis qu'il
est au monde, est impatient, & fragile : mais l'autre qui a été dans la
peine, & si long-tems exposé aux
coups de la Fortune, n'a jamais été
oisif ; enfin au milieu d'une si grande chaleur, il trouve le secret de

I

calore fi acquifta ornamento, e grandezza.

Senfo Morale.

Bifogna darci per tempo alla fatica, fe vogliamo non effere oppreffi dalla cattiva Fortuna.

L'ULIVO, ED IL Fico.

Diffe l'Ulivo ad un Fico fuo vicino, il quale in quel verno era ignudo, coperto di neve, e molto pallido per il freddo, che pativa; non ti avvertii, che non ti mancherebbero fimili incommodità, e difagi; tu ti gloriavi nella ftate effer veftito pompofamente; impara da me la parfimonia, fe vuoi effer favio.

Senfo Morale.

Ordinariamente, quei che nella

devenir, & plus grand, & plus
beau.

Sens Moral.

Il faut s'accoûtumer de bonne
heure au travail, pour ne pas suc-
comber aux coups de la mauvaise
fortune.

L'OLIVIER, ET LE
Figuier.

L'olivier dit à un Figuier son
voisin, qui dans un certain
hiver étoit couvert de neige, & tout
pâle de froid ; ne t'avois-je pas a-
verti que tu ne manquerois point d'a-
voir de telles incommodités ? tu étois
fier & orgueilleux te voïant magni-
fiquement vêtu pendant l'été ; aprens
de moi à être ménager, si tu veux
être plus sage à l'avenir.

Sens Moral.

Ceux qui pendant leur jeunesse

loro gioventù fanno spese inutili, alla fine de' lor giorni si vedono in gran necessità.

LA FARFALLA, E LE FOGLIE
della Canna.

IO volevo venirmene a star con voi, disse la Farfalla alle Foglie della Canna, se non vi avessi veduto tremare; ditemi di gratia, che pericolo vi soprasta ? giudica dunque tu, risposero le Foglie della Canna, qual debba esser la nostra speranza, e come la farà con noi questa, che serviamo, ed honoriamo, essendo vuota di senno, ed accennando sempre voler cadere hor da una banda, ed hor da un'altra.

Senso Morale.

Rimproveriamo ad altri i nostri propri difetti.

font de folles dépenses, se trouvent
d'ordinaire réduits à de grandes né-
cessités sur la fin de leurs jours.

LE PAPILLON, ET LES
feüilles d'un Roseau.

J'Avois formé le dessein de demeurer avec vous, disoit le Papillon
aux Feüilles d'un Roseau, si je ne
vous avois vû trembler ; dites-moi
de grace, quel danger pressant vous
ménace ? Jugés donc, lui répondirent
les Feüilles, quelle doit être notre
espérance, & comment nous traitera
celui que nous servons, & que nous
honorons, puis qu'il est dépourvû de
jugement, & qu'il semble toûjours
vouloir tomber de côté, & d'autre.

Sens Moral.

Nous reprochons aux autres nos
propres défauts.

IL DARDO, E LE Ninfe.

UN Dardo caduto in un Fonte, si stava dritto col capo in giù; le Ninfe vedendolo, dissero, ò che maraviglia, che costui abbia il capo, benche picciolo, più pesante del resto del corpo.

Senso Morale.

Vediamo qualche volta vincere la cattiva fortuna con forza di animo, chi nella prospera dava segni di animo leggiero.

I VOTI, E L'IMAGINE di Nettuno.

I Voti posti all'intorno dell'Imagine di Nettuno si dolevano, ch'essendo essi causa, ch'egli fosse

LE DARD, ET LES Nimphes.

UN Dard étant tombé dans une Fontaine, s'y tenoit tout droit la tête en bas ; les Nimphes le voïant ainſi, s'écrierent, quelle merveille ! celui, qui a une tête ſi petite, l'a néan-moins plus peſante que le reſte du corps. Sens Moral.

Tel, qui paroiſſoit léger dans la bon-ne fortune, ſe ſoûtient dans la mau-vaiſe par la force de ſon eſprit, & par la ſolidité de ſon jugemeut.

LES VOEUX, ET LA Statuë de Neptune.

LES Vœux Anciens, qu'on avoit mis autour de la Statuë de Nep-tune, ſe plaignoient de ce qu'étant

I iiij

invocato, ed honorato più che tutti gli altri Dei; egli, difpreggiati i vecchi amici, fi voltaffe fempre più pronto a nuovi Voti; l'Imagine lor fece rifpofta, fe vi è in faftidio l'amicizia, c'hò per i nuovi Voti andatevene dove vi pare, e piace, ch'io non mi curo di voi, i Voti, fdegnati dalla rifpofta, fi partirono; ma cadendo a terra fi pofero in pezzi.

Senfo Morale.

La gelofia, e lo fdegno ci fanno far cofe, che fpeffo cagionano la noftra perdita.

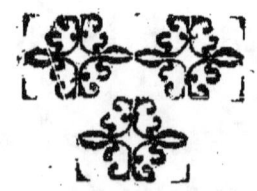

cause qu'on l'invoquoit, & qu'on
l'honoroit plus que les autres Divi-
nités, il les méprisoit néanmoins,
quoi-qu'ils fussent ses vieux amis,
pour regarder plus favorablement les
nouveaux; la Statuë leur répondit,
si l'amitié que j'ai pour les Vœux
nouveaux vous déplaît si fort, vous
pouvés aller où il vous plaira, je ne
me soucie plus de vous; les Vœux
anciens, indignés d'une si fâcheuse
réponse, s'en allerent: mais dans le
chemin ils tomberent par terre, & se
briserent en mille piéces.

Sens Moral.

Le dépit, & la jalousie nous font
faire des démarches qui causent notre
perte.

IL CAPITANO, E LA
Bandiera.

UN Capitano dimandò alla Bandiera, perch' essa, quando s'andava incontro agl' inimici si ritirasse sempre indietro, e quando i soldati si ritiravano, essa favoriste allora i nemici; tu t' inganni, rispose la Bandiera, ch' io non sono, nè paurosa, nè traditrice; ma mi diletto a tenermi dalla parte de' vincitori.

Senso Morale.
Nella guerra si riguarda più la prosperità, che la giustitia.

LA SCINTILLA.

LA Scintilla del Fuoco per essere agile, e molto lucida, si persuadeva, che diventerebbe

LE CAPITAINE, ET UNE Enseigne.

UN Capitaine demandoit à une Enseigne, d'où venoit, qu'en allant contre les Ennemis, elle se mettoit toûjours derriere, & que quand les soldats se retiroient, elle se présentoit devant les Ennemis. Tu te trompes, repondit l'Enseigne, je ne suis ni peureuse, ni traîtresse, mais je me plais à être du côté des Vainqueurs. **Sens Moral.**

Quand on a un parti à prendre, on suit moins la justice, que le bonheur des Armes.

L'ETINCELLE.

UNe Etincelle de Feu charmée de son agilité, & de son éclat,

una Stella; ma nel meglio del suo penfiere venne meno.

Senfo Morale.

Uno stato mediocre deve essere preferito ad uno più elevato, che non si potrebbe sostenere.

LA NAVE.

LA Nave, ch' aveva portata à Ramona la grandissima Aguglia, avendo presentito, che le Navi, le quali vi avevan già condotto Enea, doppo essere uscite dal porto, subbito divennero Dee marine, essa ambitiosa si sommerse nel mare con la speranza però di divenir Dea.

Senfo Morale.

La smissurata ambitione ci fa cadere ne' profondi precipitii.

croïoit devenir Etoille : mais au plus
fort de ses désirs son espérance s'éva-
noüit, & elle devint à rien.

Sens Moral.

Il est plus avantageux de demeurer dans un état médiocre, que d'as-
pirer à un plus élevé, qu'on ne pour-
roit soûtenir.

LE VAISSEAU.

LE Vaisseau qui avoit porté à
Ramone le grand Obélisque,
diant appris que ceux qui avoient
autrefois conduit Enée au sortir du
Port, avoient été changés en Néréïdes,
plein d'ambition se jeta au fond de la
Mer, dans l'espérance de devenir aussi
Divinité à son tour.

Sens Moral.

L'Ambition démesurée nous conduit
dans de grands précipices.

LA CAGNOLINA, ED ALTRI Cani.

UNa Cagnolina dilicata, la quale non era avezza a pigliar mai cosa alcuna, se prima non la fiutasse dieci volte col naso, mentre gli altri Cani con prestezza prendevano, ed in un subbito ingoiavano, quanto cadeva dalla tavola, per il che, essa fu insegnata dalla fame, e ne imparò a pigliar per l'aria il pan nero, e secco, che l'era gittato.

Senso Morale.

La necessità ne corregge delle nostre false delicatezze.

LA PETITE CHIENNE, ET
les autres Chiens.

UNe petite Chienne délicate,
qui ne prenoit jamais rien,
sans l'avoir auparavant flairé plus
de dix fois, pendant que les autres
Chiens prenoient au plus vîte ce
qui tomboit sous la Table, & l'a-
valoient tout d'un coup, apprit de la
faim à prendre en l'air le pain bis,
& sec qu'on lui jettoit.

Sens Moral.

La nécessité nous corrige de nos
fausses délicatesse.

PRASSITELE, E LA STATUA di Venere.

POiche Praffitele hebbe più, e più volte efortata, e porti prieghi, e fuppliche alla Statua di Venere, acciò, fi levaffe il difetto, che teneva negli occhi; vedendo che con le buone, la Statua non ne faceva nulla, fi diede ad ingiuriarla, e minacciarla; conofcendo, che le fue parole non perfuadevano, volle venire a i fatti, e fù di parere, che farebbe bene levarglielo col ferro.

Senfo Morale.

Tali che fiano le parole non vagliono però tanto, quanto gli effetti.

PRAXITELE,

PRAXITELE, ET LA
Statuë de Venus.

PRaxitele aïant plusieurs fois exhorté, & prié la Statuë de Venus de s'ôter un défaut qu'elle avoit dans les yeux, & voïant que pour toutes ses priéres, elle n'en faisoit rien, l'injuria, & la ménaça, connoissant bien que ses paroles ne la persüadoient point, il voulut en venir au fait, & jugea, que sans tant de cérémonie, il valoit mieux l'ôter lui-même avec le ciseau.

Sens Moral.

Quelques soient les paroles, elles sont toûjours moindres, que les effets.

K

IL CORVO, ED IL
Contadino.

Abitava in una botega d'un Argentiere in Corvo, che parlava; e però quella botega veniva chiamata la botega del Corvo; un Contadino molto astuto portò molte coselle da magnare al detto Corvo, e doppo averle magnare, lo pregò, che per ricompenza d'un tanto beneficio, gli desse qualche cosa per la dote d'una sua figlivola; io rispose, il Corvo, ti soccorrerei volentieri nella tua necessità; ma di tutte queste cose, che tu vedi in botega, non ce n'è alcuna, che sia mia, se non il nome.

Senso Morale.
I Nomi illustri ingannano il publico.

LE CORBEAU ET LE
Païsan.

UN Corbeau, qui sçavoit parler, logeoit dans la boutique d'un Orfévre (ce qui la fit nommer la boutique du Corbeau) un Païsan fort rusé lui apporta plusieurs choses à manger ; aprés en avoir fait chére entiere, il le pria, par reconnoissance d'un si grand bien fait, de lui donner de quoi marier sa fille ; je te secourerois volontiers dans tes besoins, lui dit le Corbeau : mais par malheur, de tout ce que tu vois en cette boutique, rien ne m'appartient que le nom.

Sens Moral.

Les grands Noms en imposent beaucoup au public.

K ij

LA ZANZARA, E LA
Tartaruga.

LA Zanzara essendo per combattere con la Tartaruga, provò nella sua durissima corazza il pugnale, vedendolo spontuto, ed avendo sentito dire, ch' essa era solita cavar fuori ogni volta due lancie per ferire il nemico, la Zanzara hebbe paura di venire a cimento con essa; ma la Tartaruga, sentendo la rimbombante voce di quella, se ne stava dentro la sua casa; i Satiri, che viddero ciò se ne risero.

Senso Morale.

E temerità degna di riso il volersi cimentare col nemico con armi non pari.

LE COUSIN ET LA
Tortuë.

LE Cousin étant prêt à se battre contre la Tortuë, essaïa son petit éguillon contre sa dure écaille, mais voïant que la pointe en étoit rompuë, & aïant oüi dire, qu'elle avoit accoûtumée de tirer toûjours dehors deux lances, pour blesser son ennemi, il évita le combat; la Tortuë entendant la voix résonnante du Cousin, se tenoit cachée dans sa maison : les Satires qui virent cela, en rirent.

Sens Moral.

C'est une témérité ridicule d'attaquer son ennemi avec des forces inégales.

L'AMANTE, ED I
Ramicelli di Alloro.

UN' Amante desiderava somma-
mente, e porgeva molti prieghi ad alcuni Ramicelli di Alloro,
che adornavano le porte del Tempio, venissero a fargli corona in
testa; la risposta de' rami fu, ch'
essi non si voltavano volentieri a far
piacere a' Mortali; ma, tre giorni
doppo essendo stato fatto di loro un
fascio, e quello adoperato con di-
sonesto modo a spazzar la terra, si
pentirono di non essere stati, i
giorni dinanzi, liberali a quell'
Amante.

Senso Morale.

Ne ripentiamo di non aver fatto
bene, tanto più, che facendolo, ci
averemmo acquistata gloria, e lode.

L'AMOUREUX, ET LES
Branches de Laurier.

UN Amoureux prioit instamment quelques petites branches de Laurier, qui ornoient les portes d'un Temple, de venir lui faire une Couronne sur la tête, qu'il souhaitoit avec une passion extrême. La réponse des Branches fût, qu'elles n'aimoient pas à faire plaisir à des Mortels : mais trois jours aprés, on en fit un fagot, & elles servirent à un usage vil & bas, pour balaïer la terre ; elles se repentirent de n'avoir pas les jours précédens satisfait aux désirs de cet Amant. Sens Moral.

On se repent toûjours d'avoir refusé de faire du bien, quand d'ailleurs en le faisant on auroit pû mériter des loüanges, & aquerir de la gloire.

L A V O L P E.

Uedendo la Volpe la punta della coda d'un Leone, che s'era poſto in aguato dietro ad un' albero, e benche dubitaſſe, che forſe ſarebbe un Bue; nulladimeno ſe n'andò via correndo; e nel correre diceva, io voglio, che gli amici miei ſi ridano più toſto di me, e della leggierezza mia, che non piangano la mia calamità.

Senſo Morale.

Nelle coſe dubbie, biſogna appigliarſi alla parte più ſicura.

LE RENARD, ET LA
Queuë d'un Lion.

LE Renard voïant le bout de la queuë d'un Lion, qui faisoit le guet derriere un arbre, & dans le doûte, si ce n'étoit point un Bœuf, prit le parti de la fuite, & disoit en courant ; J'aime encore mieux, que mes amis se moquent de ma legereté, que de pleurer mon malheur.

Sens Moral.

Dans les choses doûteuses il faut toûjours prendre le parti le plus sûr

L

IL RUSIGNUOLO, ED IL Merlo.

UNa volta il Rusignuolo volle dire allo stridente Merlo, o tu taci, o tu canta qualche conzonetta, ch' abbia del sonoro; vedo ben, che tu sei matto, gli rispose il Merlo; che, da che tu mandi fuor voce cavata con grand' arte dall' intimo del tuo petto, si vede nel mondo essere stimati dotti, non quei, che sanno; ma quei, che si lodano, e si vantano di sapere.

Senso Morale.

Molti si danno a credere, che per acquistar fama nel Mondo bisogna oscurare il merito altrui.

LE ROSSIGNOL, ET LE
Merle.

UN jour le Roſſignol voulut dire au Merle babillard, ou tais-
toi, ou chante quelque petite chanſon,
qui ſoit agréable. Je vois bien, lui
répondit le Merle, que tu es un fou :
car depuis que tu ſçais l'art de tirer
de ta poitrine une voix mélodieuſe,
on juge que ce ne ſont pas les Sça-
vans, qui ſont eſtimés dans le Monde : mais ceux qui ſe vantent de
ſçavoir beaucoup.

Sens Moral.

La pluſpart des gens croïent, que
pour ſe faire un grand nom dans le
Monde, il faut abaiſſer le mérite des
autres.

UN CERT' HUOMO, ED il Rè dipinto.

UN cert' Huomo, confidato alla generosità de' Rè, pregò un Rè dipinto di prestargli quella veste d'oro con la quale era vestito; se tu mi levi questa veste, rispose la Pintura, io non sarò più nulla.

Senso Morale.

E imprudente colui, che domanda cose, che non si possono dar con decoro.

L' ARCO, E LA Corda.

L'Arco ricercava dalla Corda, che l'una non fosse molesta all'altro, o ch'essa si facesse più

LE COURTISAN, ET LE
Roi en peinture.

UN certain Courtisan se fiant à la générosité des Princes, pria un Roi, qu'on avoit peint dans un Tableau, de lui donner l'habit d'or, dont il étoit vêtu : Si tu m'ôtes cet habit, lui répondit le Roi en peinture, je ne serai plus rien.

Sens Moral.

Il y a de l'imprudence de demander des choses, qu'on ne sçauroit accorder avec bienséance.

L'ARC, ET LA
Corde.

L'Arc prioit la Corde, que l'un ne fist point tort à l'autre, ou qu'elle s'étendît davantage, ou qu'elle

lunga, o ch' essa si rompesse ; la
Corda all' incontro ricercava dall'
Arco, o ch' esso si facesse più corto,
ò si spezzasse ; finalmente parendo
loro queste conditioni troppo dure,
sogiunse la Corda, tu Arco con le
tue forze , ed io col mio nervo
diffenderemo le nostre raggioni.

Senso Morale.

Quando le parti contrarie non
voglion piegarsi all' accordo , è
necessario, che la forza decida il
differente.

L' A L B E R O , E D I L
Contadino.

UN' Albero , non avendo in
quell' anno fatte frutta, im-
petrò gratia dal Contadino, ch'
aveva deliberato trattarlo con la
scure, esserne libero, con promessa

se rompit. La Corde à son tour prioit l'Arc de se faire plus petit, ou de se rompre ; enfin voïant que ces conditions étoient trop dures, la Corde répliqua, nous défendrons nos interêts, comme nous pourrons, toi avec tes forces, & moi avec les miennes.

Sens Moral.

Il faut que la force décide d'un différend, quand aucune des parties ne peut se relâcher, sans se perdre.

L'ARBRE, ET LE
Païsan.

UN Arbre n'aïant point porté de fruits pendant une année, obtint sa grace d'un Païsan, qui avoit résolu de l'abattre avec sa hache, lui promettant de lui donner

L iiij

di far gran copia di frutta l'anno a
venire ; vedendosi poi sicuro dal
colpo di ferro, disse fra se stesso,
di quanta importanza è stato il sa-
persi valere del promettere libe-
ralità, la quale non mi sarà lecito
negarla senza perdere la mia vita
vegetativa.

Senso Morale.

Quando siamo in pericolo di
perdere la vita, promettiamo molte
cose per poterla scampare, senza
far riflessione se possiam poi osser-
var la promessa.

IL VILLANO, ED IL
Bue.

IL Villano adiratosi con un Bue
ritroso, io ti darò, gli disse,
un colpo con questo mattone; il
Bue pensando, che fosse tenero

quantité de fruits l'année suivante;
ne craignant plus les coups de hache, il dit en lui-même: Qu'il est
important de sçavoir se faire valoir,
& de promettre beaucoup! Mais
enfin je ne puis manquer à ma pro-
messe, sans m'exposer à perdre la
vie.

Sens Moral.

Dans le péril on promet tout, sans
faire réfléxion, si l'on pourra tenir
ce qu'on promet.

LE PAYSAN, ET LE
Bœuf.

UN Paysan s'étant mis en colére
contre un Bœuf obstiné: Je te
donnerai, lui dit-il, un coup de cette
brique; le Bœuf s'imaginant qu'elle

come la terra, che rivolgeva, si
persuase, che gli farebbe poco
male; ma ricevuto il colpo si ac-
corse quanto tal mattone si fosse
indurito al fuoco.

Senso Morale.

Alle volte non conosciamo il
danno, che possiamo ricevere dagli
altri, che doppo averlo ricevuto.

L'INVIDIOSO, ED IL Pagone.

L'Invidioso disse al Pagone, ò
pazzo, tu ti sei messa la corona in capo da te stesso! gli rispose
il Pagone, tu non ti sei ancora
accorto, ch'io mi son fatta la col-
lana di tanti colori? le Ninfe, sentendo ciò, si posero a ridere.

Senso Morale.

L'orgoglio non serve, che ad

fût tendre comme la terre qu'il la-
bouroit, crût qu'elle ne lui feroit pas
grand mal; mais aïant reçû le coup,
il s'apperçut combien elle s'étoit en-
durcie.

Sens Moral.

Bien souvent nous ne connoissons
le mal, qu'on nous peut faire, que
quand nous l'avons reçu.

L'ENVIEUX, ET LE Paon.

L'Envieux dit au Paon; insensé
que tu es, c'est toi-même, qui
t'es mis la couronne sur la tête; le
Paon lui répondit; quoi, tu ne t'es
pas encore apperçû de cet ornement,
que je me suis fait de tant de belles
couleurs? Les Nimphes, entendant
ce discours, s'en divertirent.

Sens Moral.

L'Orgüeïl ne sert qu'à nous trom-

ingannarci, e farci disprezzare dagli altri.

***

IL PECCHIONE, ED IL RE delle Api.

IL Pecchione un giorno si pose a dire molte villanie al Rè delle Api, e tra l'altre ingiurie gli diceva, tu sei un' infingardo, ti marcisci nelle delitie, ed io son vigilante, curioso, ed eloquente; perche parte de i giorni, io li consumo in andar vedendo molti bei paesi, e parte li spendo in comporre, e recitare orationi; e con tutto ciò le Pecchie voglion più presto servire a te otioso; le Api gli risposero, tu certo essendo povero mostri di essere industrioso; ma non però sei nell' otio infingardissimo, e nel tuo regno sei intemperante; ma il nostro Rè,

per nous-mêmes, & qu'à nous faire
mépriser des autres.

LE BOURDON, ET LE ROI
des Abeilles.

UN jour le Bourdon insulta le
Roi des Abeilles, & entre autres
injures il lui disait, tu es un paresseux, tu vieillis dans les délices ;
pour moi je suis vigilant, curieux,
& éloquent ; car je passe une partie
de ma vie à voir les beaux Païs, &
j'emploie l'autre à composer, & à
réciter des discours ; cependant les
Abeilles aiment mieux te servir, tout
oisif que tu sois. Les Abeilles lui
répondirent ; il est vrai qu'avec ta
pauvreté, tu ne manques pas d'in-
dustrie ; il faut pourtant avoüer, que
tu es encore plus paresseux, & plus
intempérant dans le Roïaume que tu
habites : mais notre Roi, songeant

provedendo al bisogno de' suoi, vuol più tosto essere in casa buono, che fuori apparir glorioso.

Senso Morale.

La gloria di un Principe è di vigilare alla felicità del suo stato, ed al bisogno del suo popolo.

LA FIAMMA DELLA CANdela, e la Lanterna.

LA Fiamma d'una Candela, ch'era nella Lanterna di Plauto comico, le disse, tu mi vai offuscando il mio splendore, rispose la Lanterna, bisogna, che tu sappia, ch'in questo modo io ti difendo dall' impeto de' Venti, e ti assicuro dal pericolo della vita, e non si può schifare nn'incommodità senza cadere in un' altra,

aux besoins de ses Sujets, se plaît davantage à être bon chés lui, qu'à paroître glorieux dans les autres endroits.

Sens Moral,

La gloire d'un Souverain est de veiller au bonheur de son Etat, & au besoin de ses peuples.

LA FLAMME DE LA
Chandelle, & la Lanterne.

LA Flamme d'une Chandele, qui étoit dans la Lanterne de Plaute le Comique, disoit à celle-ci : Tu caches toute ma lumiére ; la Lanterne lui répondit ; il faut que tu sçaches que de cette maniere je te préserve de la fureur des Vents, & que je te conserve la vie ; on ne peut éviter un mal sans tomber dans un autre.

Senſo Morale.

La vita privata non teme i colpi
della fortuna auverſa.

IL CONIGLIO, E LA
Lepre.

IL Coniglio diſse alla Lepre, o
là? ſtarai tu ſempre ſenza far
mai coſa alcuna, talmente ſonni-
ferando, che pare, che tu attenda
a filoſofare? e tu, riſpoſe la Lepre, affaticandoti ſempre, farai
mai coſa alcuna? amenduoi dunque,
ripigliò il Coniglio, ſe non vogliamo parere otioſi, facciamo quel
che ne detta la noſtra Natura,
perche ſe tu voleſſi far quel, che
fò io, o ſe io voleſſi far quel, che
fai tu, ſarebbe certamente coſa
duriſſima.

Sens Moral.

Une vie privée nous met à couvert des revers de la Fortune.

LE LAPIN, ET LE
Liévre.

LE Lapin dit au Liévre ; helas ! demeureras-tu toûjours sans rien faire, & si rêveur, qu'il semble que tu veüilles philosopher ? & toi, répondit le Liévre, avec toute la peine que tu prens, ne feras-tu jamais quelque chose de bon ? Le Lapin lui répondit, si nous ne voulons point paroître oisifs, faisons tous deux l'exercice auquel la Nature nous engage ; parce que si tu volois faire ce que je fais, ou si je voulois faire ce que tu fais, ce feroit une entreprise extrêmement difficile pour l'un & pour l'autre.

M.

Senſo Morale.

Ognuno deve porre il ſuo ingegno per fare il ſuo debito.

❦❦❦❦❦❦❦❦❦❦❦❦

L O S C O G L I O , E LE
Onde.

UNo Scoglio, che alle Onde
piccole ſi moſtrava ſuperbo,
ſopragiunto poi dalle Onde grandi
ſe ne ſtava naſcoſo, e dimandato
perche faceſſe queſto, riſpoſe, è
coſa pazza il volere parere uguale
a' noſtri maggiori.

Senſo Morale.

Biſogna accommodarſi al tempo, a i luoghi, ed alle perſone.

Sens Moral.

Chacun doit borner ses soins à s'a-
quiter de son devoir.

L'ECUEIL, ET LES
Eaux.

UN Ecüeil, qui se montroit superbe aux Eaux, quand elles
étoient basses, dans la suite se trouvant surpris, lors qu'elles devenoient
grosses se cachoit; & comme on lui
demandoit, pourquoi il en usoit ainsi;
il répondit, c'est une folie de vouloir paroître égal à des plus grands
Seigneurs que soi.

Sens Moral.

Il faut sçavoir s'accommoder aux
tems, aux lieux, & aux personnes.

IL BUE, E LA
Fune.

UN Bue era tirato per le corna all'in sù sopra una Nave da carico, e mentre stava cò piedi in terra, faceva voti, acciò la Fune, con la quale era tirato, si rompesse; ò disse la Fune, guarda come costui per il commodo suo desidera la rovina altrui.

Senso Morale.

Il nostro interesse particulare, che ne accieca qualche volta, ci fà desiderare la rovina altrui.

LE BOEUF, ET LA Corde.

ON enlevoit un Bœuf par les Cornes, pour le faire entrer dans un Navire de charge, & pendant qu'il avoit encore les pieds à terre, il désiroit instamment, que la Corde, dont il étoit tiré, se rompît : Voiés, dit la Corde, comme celui-ci pour son utilité souhaite la ruïne d'autrui.

Sens Moral.

Notre interêt nous aveugle quelquefois si fort, qu'il nous fait désirer la perte des autres.

M iij

IL PESCE.

UN Pesce desiderava grande-mente di poter salire sù la cima d'un' albero, e per sodisfare in parte il suo desiderio, andava scorrendo sù per le cime di alcu-ni alberi, che, come in ispecchio, si rappresentavano nel Fiume; ma gli Alberi in ombra subbito se ne fuggiron via, dicendogli, hora si che tu impazzerai, giacche gli Alberi ancor ti fuggono, benche siano un' ombra.

Senso Morale.

E pazzia il far violenza alla sua natura.

UN POISSON.

UN Poisson avoit une grande envie de monter sur le haut d'un Arbre, & pour la contenter en partie, il se glissoit à travers quelques Arbres, qui étoient representés dans le Fleuve, comme dans un miroir : mais ces Arbres feints disparurent bien-tôt, lui disant ; certes tu deviendras fou, puisque les Arbres mêmes, qui ne sont qu'une ombre, t'évitent.

Sens Moral.

C'est une folie de forcer son naturel.

IL TRONCO, E GLI
Arbuscelli.

UNa gran quantità di legna calava giù portata da un Fiume cresciuto per le gran pioggie, e tra le dette legna si erano fermati alcuni Arbuscelli intorno ad un tronco maggiore degli altri, e però era costretto a fermarsi in luogo strano, ed a sostenere esso solo tutto l'impeto della crescente; e ciò gli fece dire, ò quanto è cosa molesta la grandezza, risposero gli Arbuscelli, tu, che veramante con l'ombra tua ne hai molte volte privati degl' indorati raggi del Sole, e di molte candidissimehore, devi sopportare adesso con l'animo in pace, se mutatesi

LE

LE TRONC, ET LES
Arbriſſeaux.

UNe grande quantité de bois deſ-
cendoit ſur une Riviere, que les
grandes pluïes avoient fait croître,
& parmi ces piéces de bois, il y avoit
pluſieurs Arbriſſeaux attachés autour
d'un Tronc plus gros que les autres,
ainſi il étoit obligé de s'arrêter en un
lieu étranger, & de ſoûtenir ſeul
tout l'effort de l'eau, qui venoit
battre contre lui, ce qui lui fit dire ;
O que la grandeur eſt une choſe importune ! Les Arbriſſeaux lui répondirent : Toi qui véritablement avec
ton ombre épaiſſe nous as ſi ſouvent
privés du plaiſir de voir les raïons du
Soleil, & empêchés de profiter de tant
d'agréables jours, tu dois maintenant
ſouffrir avec patience le changement
qui eſt arrivé ; & il eſt bien juſte,

N

le cofe , noi hora ci ripofiamo alquanto fopra di te.

Senfo Morale.

I Potenti, che con la loro gran fortuna diminuifcono quelle de' particolari , devono aiutarli non però nelle loro difgratie.

IL FANCIULLO, E LA
Vecchiarella.

UN Fanciullo defiderava ammazzare una Teftugine, e con tal defiderio la batteva nel muro; una certa Vecchiarella gli diffe, figlivol mio, fe tu vorrai , effa fi ammazzerà con un filo di paglia toccandole gli occhi, perche fe n'entrerà nella fua cafa, ed in quefto modo poi fi morirà di fame; fia tuo quefto ufficio, ò Vecchiarella mia, le rifpofe il Fanciullo.

qu'à notre tour nous nous reposions
un peu sur toi.

Sens Moral.

Les Grands, qui obscurcissent les
petits dans la prosperité, doivent les
proteger dans leurs malheurs.

L'ENFANT, ET LA Vieille.

UN Enfant vouloit tuer une
Tortuë, & dans ce dessein, il
la frappoit contre un mur. Une cer-
taine Vieille lui dit, mon Fils, si
tu voulois, tu la tüerois avec un
brin de paille, en lui touchant seulement les yeux, parce qu'aussitôt
qu'elle se sentira frappée, elle se ré-
tirera dans son écaille, & puis elle
mourra de faim; l'Enfant lui répondit, eh bien bonne Femme, faites-le
vous-même.

Senso Morale.

Se vogliamo, che i nostri consigli siano ben ricevuti, diamoli quando ne siamo ricercati.

IL LOTO.

IL puzzolente Loto aveva desiderato, e la grandezza d'un Colosso, e la forma di Bacco, e la maggior parte di altre cose simili, le quali tutte aveva impetrate dall' Huomo; ma non per questo fù giamai in preggio in luogo alcuno; non me ne maraviglio, disse, se non fanno stima di me, che son pieno di sporchezze, e però m' è bisogno ch'io me ne netti.

Senso Morale.

Dobbiamo più tosto desiderare di avere una bell'anima, ed un cuor

Sens Moral.

Si nous voulons que nos avis soient bien reçus, il ne faut les donner, que quand on les demande.

LA BOUE.

LA Bouë puante souhaitoit la grandeur d'un Colosse, la grosseur de Bacchus, & la ressemblance de plusieurs autres choses, que l'homme lui avoit toutes accordées ; mais elle n'en fut pas plus estimée pour cela, en quelque endroit qu'elle se trouvât ; je ne m'étonne pas, dit-elle, si l'on ne fait pas grand cas de moi, parce que je suis salle, il faut donc que je m'attache à me rendre nette.

Sens Moral.

On doit moins rechercher l'éclat des honneurs, & la grandeur de

N iij

puro, che gli honori, e la buona fortuna.

IL LEONE.

Domandato un Leone, per qual cagione si sbigottisse tanto grandemente gettandosegli sopra un Mantello, fece risposta, e chi non averebbe paura a vedere quel mostro per aria senza capo, e senza piedi.

Senso Morale.

Le Idee, c'habbiam concepite delle cose, ci danno più terrore, che non farebbero le cose medesime.

la fortune, que la pureté du cœur,
& la beauté de l'Ame.

LE LION, ET LE
Manteau.

UN Lion étant interrogé, pourquoi il avoit tant de peur,
quand on jettoit un Manteau sur lui;
il fit cette réponse, & qui n'auroit
pas peur de voir en l'air un Monstre
qui n'a ni tête, ni pieds.

Sens Moral.

Ce sont les Idées que nous avons
des choses, plûtôt que les choses
mêmes qui nous épouvantent.

N iiij

IL LAGO.

UN Lago, mentre i Nuvoli si rilevavano di su i Monti in aria, e che gli sopraftavano in capo, credendo, che i detti Nuvoli fossero Monti, fù tutto spaventato per la paura, che non gli rovinassero adosso; finalmente i Nuvoli diedero le pioggie, e con le pioggie crebbe il Lago, il qual disse, oh quanto ero pazzo io a temere tanto, quel che tanto mi doveva giovare.

Senso Morale.

Quelle cose, che crediamo esserci molto nocive, sono non però quelle che c'inalzano.

LE LAC, ET LES Nüages.

UN *Lac voïant que les Nüages s'élevoient en l'air audeſſus des Montagnes, & qu'ils étoient ſur ſa tête, croïant que ces Nüages fuſſent eux-mêmes des Montagnes, en fut épouvanté, aïant peur qu'ils ne tombaſſent ſur lui; enfin les Nüages ſe tournerent en pluïes, qui firent croître le Lac, alors il dit; oh! que j'étois fou d'apprehender ſi fort ce qui devoit me cauſer tant d'avantage.*

Sens Moral.

Ce que nous craignons devoir nous accabler, eſt ſouvent ce qui nous éleve.

IL FABRO, IL VOTAPOZZI, ed il Mugnaio.

VN Fabro, un Votapozzi, ed un Mugnaio spasseggiando fra nobili attraverso della piazza, erano ucellati, e però un di loro, disse, e perche ridono tutti costoro? per che tu sei tinto, gli rispose il Fabro; oh! disse il Votapozzi, noi siamo tutti tinti; veramente, egli è come tu dici, rispose il Mugnaio, e non solamente sei tinto, ma puzzi bestialmente.

Senso Morale.

Crediamo nascondere i nostri difetti qnando facciamo conoscere a gli altri i suoi.

UN FORGERON, UN
Cureur de Puits, & un Meûnier.

VN *Forgeron, un Cureur de Puits, & un Meûnier se promenant dans une grande place parmi des personnes de qualité, étoient la risée du monde, ce qui fit dire à un d'eux ; Et qu'ont ces gens-là tant à rire ? c'est que tu es mal propre, répondit le Forgeron ; oh ! dit le Cureur de Puits, nous le sommes tous ; cela est ainsi que tu le dis, répondit le Meûnier ; mais toi, tu n'es pas seulement mal propre, tu es encore puant.*

Sens Moral.

Nous croïons bien cacher nos défauts, quand nous faisons appercevoir aux autres les leurs.

L'HUOMO, E LA STATUA
di Minerva.

ANdando un' Huomo , non molto gagliardo, alla Statua di Minerva posta in cima d'un erto Monte; vi salì, non velocemente ; ma pian piano ; e doppo aver senza sudore, e senza anzare baciato il piede della Dea, ne fù lodato molto da' Sacerdoti, e dicono , che la Dea medesima dicesse, ch' erano stati molto più i zoppi, ed i deboli, ch'erano venuti a riverirla senza straccarsi di quel, che fossero i sani, i gagliardi, ed i prosperi.

Senso Morale.

Una savia moderatione deve essere preferita ad un zelo indiscreto.

L'HOMME, ET LA STATUE
de Minerve.

UN homme qui n'étoit pas fort vigoureux, voulant salüer la Statuë de Minerve, qui étoit sur le sommet d'une Montagne, y monta tout doucement ; & aprés avoir baisé les pieds de la Déeffe sans suer, & sans perdre haleine, il en fût beaucoup loüé par les Prêtres ; on dit même que la Déeffe déclara qu'il y avoit eû bien plus de boiteux & de malades, que de gens sains & vigoureux, qui étoient venus l'adorer sans se fatiguer.

Sens Moral.

Une modération sage est préferable à un zele indiscret.

LO STIZZOSO, E LA
Lettera.

Aveva uno stizzoso ricevuta una Lettera, la qual gli diceva molte cose grandemente desiderate da lui, e perch'essa era in alcun luogo scancellata, egli la stracciò; oh! disse la Lettera, che perversa natura d'huomo? dunque per un' errorino debbo patire tanta gran pena? e de' ricevuti beneficii non usa punto di ringratiarmi?

Senso Morale.

Siamo più tosto portati a punire ogni minimo fallo, che a ricompensare i gran beneficii ricevuti.

L'HOMME, ET LA
Lettre.

UN Homme d'un naturel fâcheux avoit reçu une Lettre, qui lui apprenoit des choses qu'il souhaittoit fort de sçavoir ; & parce qu'elle étoit effacée en quelque endroit, il la déchira de colére : oh que cet Homme est de méchante humeur, dit la Lettre ! faut-il que je souffre une si grande peine pour une si petite faute, & n'aurai-je point d'autre remerciment de mes bienfaits ?

Sens Moral.

Nous nous appliquons plus à punir des fautes legeres, qu'à récompenser des bien-faits considérables.

PRIAPO, ED IL PADRE
di Famiglia.

PRiapo guardian dell'Orto do-
mandava un certo dono al
Padre di Famiglia, il quale gli
rifpofe, io veramente mi maraviglio, che tu non ti fii mai faputo
valere di quelle ricchezze, delle
quali hai fi gran dovitia; ma Priapo fogiunfe, io vorrei de' man-
telli, delle vefti; oh non fai tu,
ripigliò il Padre di famiglia, come fon pazzi coloro, che donando
ad altri, fanno danno a fe ftelli,
e non giovano nè meno a' quei,
a' quali danno.

Senfo Morale.

Non bifogna mai privarfi delle
cofe neceffarie per volerle dare a
chi faranno inutili.

PRIAPE,

PRIAPE, ET LE PERE
de Famille.

PRiape Gardien des Jardins de-mandoit quelque présent à un Pere de Famille qui lui répondit, en verité je suis fort surpris, que tu n'aies jamais sçu te servir des biens que tu as en abondance : mais Priape repartit ; je voudrois des manteaux, & des habits ; & quoi ne sçais-tu pas, répliqua le Pere de Famille, combien sont insensés ceux qui en donnant aux autres, se font tort à eux-mêmes ? Ceux à qui ils donnent, n'en sont pas mieux pour cela.

Sens Moral.

Il ne faut pas se dépoüiller des choses nécessaires, pour les donner à ceux à qui elles sont inutiles.

O

IL LEONE, E
l'Invidia.

Vendo intefo un certo Leone, che già ad un altro Leone era ftata aperta la ftrada d'andarfene al Cielo, ardendo effo di defiderio di fimil gloria, fi meffe a fare tutte le più difficili cofe, che poteffe per diventare eccellente più di tutti gli altri Leoni; ma perche impazzifci tu? gli diffe l'Invidia; quel luogo, che veramente fi doveva a' Leoni in Cielo, fi confignò, gran tempo fà, a chi lo meritava, rifpofe il Leone, farà dunque a baftanza l'averlo meritato.

Senfo Morale.

La gloria di aver meritato un grand' honore, è la ricompenfa d'una grand' anima.

LE LION, ET
l'Envie.

UN certain Lion aïant oüi dire, qu'on avoit marqué à un autre Lion le chemin du Ciel, désirant avec ardeur un semblable sort, entreprit les choses les plus difficiles qu'il put s'imaginer, afin de se distinguer des autres Lions : mais pourquoi te tourmente-tu si fort la cervelle, lui dit l'Envie ? Il y a déja long-tems, que cette place dans le Ciel, qui à la vérité étoit reservée pour des Lions, a été donnée à celui qui s'en étoit rendu digne : Eh bien ce sera donc assés pour moi, dit le Lion, de l'avoir méritée.

Sens Moral.

La gloire d'avoir mérité un haut rang tient lieu de récompense aux grandes Ames.

IE GRILLO, IL RANOCCHIO, e così fatti Animali.

IL Grillo, il Ranocchio, e così fatti Animali, che o saltano, o stanno fermi, o giacciono in terra, pensavano, che le Serpi non fossero atte al moto; ma vedendole salire velocissime in luoghi difficili, maravigliandosi della tanto agiltà, dissero, in questo modo andavamo esaminando, e misurando dal senso, o dalle forze nostre, i costumi, le forze, e l'ingegno degli altri.

Senso Morale.

Coloro, che crediamo incapaci di potersi inalzare in grado alcuno, fanno più con la loro prudenza, e discrettione, che non fanno gli altri con le loro chiacchiere, e lor fasto.

LE GRILLON, LA GREnoüille, & d'autres Animaux.

LE Grillon, la Grenoüille, & des Animaux d'une auffi pauvre efpece, qui fautent, qui s'arrêtent, où qui rampent par terre, penfoient que les Serpens fuffent immobiles ; mais les voïant monter avec viteffe dans les lieux difficiles, s'étonnant de leur agilité, ils dirent, c'eft ainfi que nous examinons, & que nous jugeons des manieres, du mérite, & de l'efprit des autres par rapport à notre fentiment, & à nos forces.

Sens Moral.

Ceux que nous croïons incapables de s'élever, vont plus loin par leur difcrétion, & par leur prudence, que les autres par leur babil, & par leur orgueïl.

O iij

L'A S I N E L L O, E T S U O
Padre.

UN'Asinello, crescendo di giorno in giorno, s'auvicinava all'età sua più fiorita, e ne diveniva più tardo, e più infingardo; oh! di quanta speranza di lui sono io caduto, disse il Padre; perche essendo esso piccoletto, e molto più ricco di pelo, che un Leoncino, e di petto più largo, e più atto al correre, io mi persuadevo, che mio figlio sarebbe un giorno il Principe di tutti gli animali quadrupedi; non ti maravigliare, ò Padre, rispose allora il Pulledro, perche dicono, esser cosa antica, e naturale al genere nostro, che noi Pulledri siamo di buona speranza; ma venuti poi in età, diventiamo inettissimi più di qualsivoglia animale quadrupede.

L'ANON, ET SON
Pere.

UN Anon croiſſant de jour en
jour, devenoit plus lent, &
plus pareſſeux. Oh ! de quelle eſpé-
rance ſuis-je déchû, dit le Pere ;
lorſque mon Enfant étoit en bas âge,
il étoit plus chargé de poil, il avoit
la poitrine plus large, & il paroiſſoit
plus propre à la courſe, qu'un Lion-
ceau ; je me perſuadois qu'il ſeroit
un jour le Prince de tous les animaux à quatre pieds. Ne vous éton-
nés pas de ce changement, mon Pere,
répondit alors l'Anon : l'on dit que
c'eſt une choſe ancienne, & naturelle
à ceux de notre eſpéce de donner de
bonnes eſpérances dans notre bas âge :
mais qu'en devenant plus grands,
nous devenons les plus mal-adroits de
toutes les bêtes à quatre pieds.

Senso Morale.

I Padri acciecati di paffione per
i loro figli , che gli fomigliano ,
fia per amor proprio , o per vanità , ne concepifcono fperanze grandi , le quali divengono in nulla.

IL LEONE, ED IL
Servo.

QUel Leone celebratiffimo a-
mico dell' huomo , e che per
Roma era da quel Servo , fuo go-
vernatore , menato legato per le
boteghe ; effendo un giorno dimandato , perche , effendo foli-
to a vincere nel teatro i Cavalli pegafei nel córere , nel faltare i
Leopardi , nelle forze i Tori , nell'
umanità gli huomini , ed effendo
in quanto alla bellezza , ed alla

Sens Moral.

Les Peres affolés des Enfans, qui leur ressemblent, en conçoivent par amour, ou par vanité de grandes espérances, qui pour l'ordinaire n'aboutissent à rien.

LE LION, ET
l'Esclave.

UN jour on demandoit à ce Lion tant vanté, ami de l'Homme, & qui se laissoit gouverner par un Esclave, & méner-lié dans les boutiques de Rome, pourquoi lui, qui dans les Cirqnes avoit accoûtumé de surpasser à la course les Chevaux les plus légers, lui qui sautoit mieux que les Leopards, lui qui étoit & plus fort que les Taureaux, & plus humain que les Hommes, lui enfin qui

P

dignità superiore a tutti i Leoni,
si lasciasse menare così legato, e
perche sopportasse, che i Cani ab-
baiandogli dietro, divenissero pazzi; rispose il Leone, è cosa d'animo grande il giovare agli amici,
e non tener conto di chi abbaia.

Senso Morale.

Le anime grandi rilucono così
bene nelle attioni di humiltà, che
nell' eroiche.

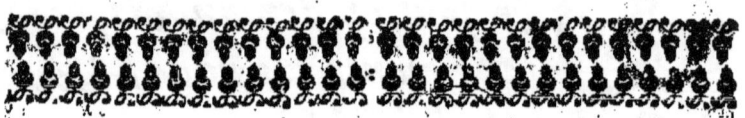

LA LEPRE.

Quella celebratissima Lepre
di Martiale Poeta, la quale
s'era rifugita in bocca al Leone,
riguardando poi da lontano gli ab-
baianti cani, che aspramente l'a-
vevano perseguitata, ò quanto im-

avec tous ces avantages, avoit encore celui d'être estimé le prémier, & le plus beau de tous les Lions, se laissoit conduire lié, & souffroit que les Chiens aboiassent après lui avec tant d'opiniâtreté? Le Lion répondit, il est d'une belle ame de servir ses amis, & de méprisé les médisants.

Sens Moral.

Les grandes Ames sont aussi admirables dans les actions d'humilité, que dans celles d'éclat.

LE LIÉVRE, ET LES Chiens.

CE Liévre, dont il est tant parlé dans le Poëte Martial, lequel s'étoit sauvé dans la gueule d'un Lion, voiant de loin les Chiens aboians, qui l'avoient poursuivi si vivement, leur dit ; ah ! qu'il m'est

P ij

porta, lor diffe, l'effermi raccom-
mandata a coftui.

Senfo Morale.

Un Protettor potente bafta fo-
lo per difenderci dagl' infulti de'
noftri nemici.

❧❧❧❧❧❧❧❧❧❧❧❧

IL LEONE, E L'INVIDIOSO.

IL Teatro fi ftupiva non poco
vedendo un Leone gettare, ora
una gran pietra in alto, ora rivol-
tare una gran palla di marmo con
grandiffima forza, ora fcherzare
piacevoliffimamente con un vovo; ma l'Invidiofo diffe, quefte
fono cofe frivole, e benche paia-
no diverfe, fono però una fola co-
fa, percioche ciafchuna di effe, è
un certo che volubile; gli rifpofe
il Leone, io confeffo, ò dottiffimo
Rè, quel che tu dici; ma io voglio, che non ti fia nafcofo, ò

avantageux d'avoir choisi celui-ci
pour mon unique défenseur.

Sens Moral.

Un Protecteur puissant suffit seul
pour nous mettre à couvert des in-
sultes de plusieurs ennemis.

LE LION, ET L'ENVIEUX.

LE Théâtre s'étonnoit fort de voir
un Lion, qui s'exerçoit tantôt
à jetter une grosse pierre, tantôt à
faire rouler avec une force extrême
une grande boule de marbre, & tantôt à joüer agréablement avec un
Oeuf; mais un Spectateur envieux
dit; ce ne sont-là que des bagatelles,
& quoi-qu'elles paroissent différentes,
c'est pourtant une même chose propre
à rouler : J'avoüe, lui répondit le
Lion, que ce que tu dis est vrai, ô Roi

P iij

huomo mio, che questo, ch'io ri-
volto, è un vovo fragile, e non
una palla.

Senſo Morale.

I Principi non han men biſogno
d'induſtria per governare gli ani-
mi de' ſudditi, che di forze per
fargli operare.

***

IL PADRE DI FAMIGLIA, I
Tori, altri Animali, ed
i Fauni.

MEntre che un Padre di Famiglia vidde in un certo
prato un'Aſino, una Pecora, una
Capra, un Porco, ed un Cavallo,
che tutti inſieme andavano pa-
ſcendo, e nel medeſimo prato duoi
Tori rivali fra loro, che ſi andavano cozzando l'un l'altro, ò che
maraviglia è veramente queſta,
diſſe, che due parenti contraſtino

tres-sçavant , je veux auſſi , mon
ami , que tu ſçaches que ce que je roule
eſt un Oeuf fragile , & non pas une
boule.

Sens Moral.

Les Souverains n'ont pas moins
beſoin d'adreſſe , pour ménager les
différens eſprits de leurs Sujets , que
de force pour les faire agir.

LE PERE DE FAMILLE,
les Taureaux, d'autres Animaux,
& les Faunes.

UN Pere de Famille voïant l'A-
ne , la Brébis , la Chévre , le
Porc , & le Cheval paître tous enſemble dans un même Prè , & s'appercevant qu'il y avoit auſſi dans
cette troupe deux Taureaux , qui
comme deux Rivaux , ſe battoient
l'un contre l'autre avec leurs cornes ,
s'écria , ceci me paroît bien ſurpre-

fi crudelmente in queſto modo ;
e che quell' altre beſtie tanto di-
verſe fra loro , e di lingue, e di
coſtumi, vivano coſì in pace ! riſpoſero i Fauni, oh ! non ti ricordi
tu , che la principal cauſa dell'
amicitia , e dell' inimicitia tra'
mortali , naſce dall' amore , e dal
magnare.

Senſo Morale.

Il maggior nemico , ch' abbia
l'huomo , è l' huomo quando la ge-
loſia, e l'intereſſe ſpezza i legami ,
che dovrebbero unirgli inſieme.

IL FINE.

nant, que deux Animaux de même
espéce se fassent une guerre si cruelle,
pendant que ces autres Bêtes si différentes de toutes maniéres, & par
leur langage, & par leur naturel,
vivent néanmoins en paix : Les
Faunes lui répondirent, quoi donc as-
tu oublié, que la principale cause
de l'amitié, & de la haine qu'on
voit parmi les hommes, vient de l'a-
mour, & de l'interêt?

Sens Moral.

L'Homme n'a pas de plus grand
Ennemi, que l'Homme, quand la
jalousie, où l'interêt rompt les liens
qui doivent les unir.

FIN.

LETTERA

DI

LEON BATTISTA ALBERTI

A

FRANCESCO MARISCALCHIO.

SE un' amico ti donaffe cento pomi primaticci, farebbonti effi difcari? E medefimamente s'egli ti mandaffe a donare cento odorofe, e fcelte rofe, ancorche da molti altri luoghi ti fuffero mandate delle rofe, dimmi un poco fe tal prefente ti difpiacerebbe : Io ti mando cento Apologi, non perche tu habbi a credere, che quefti, ch' io ti mando, fiano di quanti Apologi fi trovano, i migliori, o i più fcelti; ma faranno ben tali, ch'io non mi diffiderò, perche non ti habbiano ad effer grati, come nuovi, e primaticci frutti colti nel noftro horto degli ftudii. I quali fe per avventura, ti parranno in qualche luogo ofcuretti, perdona a quefta noftra brevità, alla quale atten-

diamo grandemente. La brevità veramente, come si usa dire, non fù mai
nello scrivere, ch' ella non fusse oscu-
retta, ed io hò giudicato, che gli
Apologi debbano essere brevissimi : e
però essi sono tanto piccoli, che se tu
gli leggerai più volte, non ti saranno
di molto tedio. Io ti prego, che tu
non ti sdegni di considerarli un poco
diligentemente; che intesi, che gli a-
vrai; ti diletteranno. Stà sano.

LEON BATTISTA ALBERTI
ad Esopo scrittore antichissimo.

Avendo io inteso, che i Latini si
maravigliano eccessivamente del tuo
bell' ingegno nello scrivere le Favole,
e che meritamente ti chiamano divino;
ed avend' io composti in brevissimi
giorni (così ti giuro per il santissimo
nome della posterità) questi cento
Apologi; desidero grandemente inten-
dere quelche te ne paia. Dimmene di
gratia il parer tuo, e che giuditio tu
ne farai. Stà sano.

Esopo a Leon Battista Alberti.

Chi dice, che gl' Italiani non siano

ingegnosi, per quanto si può vedere, s'inganna, io nondimeno confesso, che a pochi mortali occore di esser dotati di tanta gloria d'ingegno. Tu veramente, essendo tanto piacevole, saresti, non a torto, amato da' tuoi; ma ci sono inuidiosi. Stà sano.

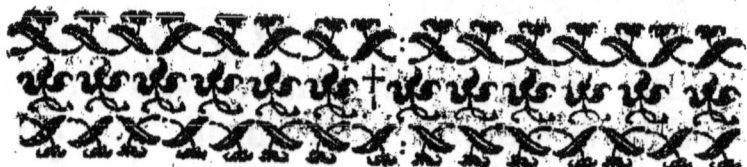

EXTRAIT DU PRIVILEGE du Rôi.

PAR grace & Privilege du Roi, donné à Versailles le 27. Janvier 1687. signé, PIROR; il est permis au Sieur POMPA, de faire imprimer par tel Imprimeur ou Libraire qu'il voudra chosir, un Livre intitulé *Fables Diverses Italiennes & Françoises*, pendant le tems de dix ans : défences à tous Imprimeurs, Libraires & autres de contrefaire ledit Livre, à peine de deux mil livres d'amande.

Registré sur le Livre de la Communauté des Imprimeurs & Libraires de Paris, &c.

Achevé d'imprimer pour la premiere fois le 7. Février 1693.

www.ingramcontent.com/pod-product-compliance
Lightning Source LLC
Chambersburg PA
CBHW070850030726
47504CB00005B/1287